# FICHES détachables

# Objectif BAC 1re



# Français

## Écrit + Oral

**Amélie PINÇON**
Professeure agrégée de Lettres modernes

**Amandine SOURISSE**
Docteure ès lettres

hachette
ÉDUCATION

# Pour réviser efficacement !

## Des fiches synthétiques et complètes

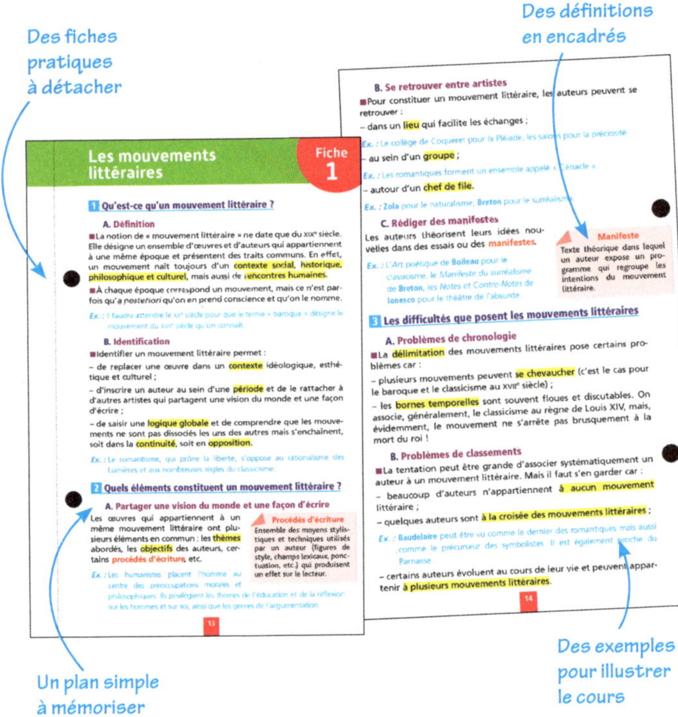



**Conception graphique**
Couverture : Stéphanie Benoit
Intérieur : Mélissa Chalot

**Réalisation**
Couverture : Stéphanie Benoit
Composition et mise en pages : Patrick Leleux P
Illustrations : Anne-Gaëlle Poirier

www.parascolaire.hachette-education.com

ISBN : 978-2-01-715097-8

# Sommaire



## Repères littéraires

## Objets d'étude, œuvres et parcours du programme

### La poésie du XIXe au XXIe siècle



### La littérature d'idées du XVIe au XVIIIe siècle



### Le roman et le récit du Moyen Âge au XXIe siècle



### Le théâtre du XVIIe au XXIe siècle

## Grammaire et analyse littéraire

### La langue



### Les formes et les tonalités



### Les figures de style



## Méthodes de l'examen

### Le commentaire



### La dissertation

## L'épreuve orale



**EN PLUS ! Pour améliorer votre orthographe**

Téléchargez **gratuitement** sur notre site
www.parascolaire.hachette-education.com
**30 tutos vidéos** pour éviter les fautes
d'orthographe les plus fréquentes !

# Définition de l'épreuve

L'épreuve de français du Bac est constituée d'une épreuve écrite et d'une épreuve orale. Elle porte sur le programme de la classe de première et sur les œuvres au programme renouvelées par quart tous les ans.

## 1 L'épreuve écrite

| | |
|---|---|
| **Durée** | 4 heures |
| **Coefficient** | 5 |

L'épreuve écrite vous demande de choisir un exercice parmi les deux proposés : un commentaire ou une dissertation.

Cette épreuve est notée sur 20 points.

Plusieurs critères entrent dans la notation :

– la maîtrise de la langue et de l'expression ;

– l'aptitude à lire, analyser et interpréter un texte ;

– l'aptitude à mobiliser une culture littéraire (maîtrise des savoirs littéraires) ;

– l'aptitude à reformuler une argumentation de manière précise, en respectant son déroulement logique ;

– la capacité à construire une réflexion argumentée et structurée et à prendre en compte d'autres points de vue que le sien.

### A. Le commentaire

Le commentaire porte sur un texte littéraire, en lien avec un des objets d'étude du programme de la classe de première. Il ne sera jamais extrait d'une des œuvres au programme.

La méthode et les conseils relatifs au commentaire sont donnés dans les fiches 69, 70 et 71.

### B. La dissertation

La dissertation prend la forme d'une question littéraire portant sur une des œuvres au programme et sur le parcours qui lui est associé.

Le sujet propose trois dissertations qui portent sur le même objet d'étude, chacune étant en rapport avec l'une des trois œuvres du programme et son parcours associé. Le candidat doit veiller à choisir le sujet qui porte sur l'œuvre et le parcours qu'il aura étudiés en classe pendant l'année.

La méthode et les conseils relatifs à la dissertation sont donnés dans les fiches 72, 73 et 74.

## 2 L'épreuve orale

| | |
|---|---|
| **Durée** | 20 minutes |
| **Préparation** | 30 minutes |
| **Coefficient** | 5 |

Cette épreuve permet d'évaluer la qualité d'expression orale du candidat mais aussi sa capacité à mobiliser ses connaissances, à développer son propos et à échanger ses points de vue avec l'examinateur.

Elle vise également à valoriser son investissement personnel, sa faculté à justifier ses choix, à les présenter et à les expliquer.

Cette épreuve se déroule en deux temps qui se succèdent et sont précédés d'un temps de préparation de 30 minutes (les textes officiels précisent que le temps consacré à l'accueil du candidat n'empiète ni sur le temps de préparation ni sur la durée de l'épreuve).

L'ensemble de cette épreuve est noté sur 20 points.

La méthode et les conseils relatifs à l'épreuve orale sont donnés dans les fiches 75, 76 et 77.

### A. Accueil du candidat, descriptif et préparation

Le candidat arrive en salle d'examen muni de son descriptif. L'examinateur en possède une version, remise en amont par l'enseignant de français.

Ce descriptif rend compte du travail qui a été mené avec la classe pendant l'année : récapitulatif des œuvres et textes étudiés. Il est également composé d'une partie individuelle dans laquelle le candidat a indiqué l'œuvre qu'il a choisi de présenter parmi celles qui ont été étudiées en classe ou proposées par l'enseignant au titre des lectures cursives obligatoires. Cette œuvre fera l'objet de la seconde partie de l'épreuve.

Pour la première partie de l'épreuve, l'examinateur indique au candidat sur quel texte il va être interrogé. Ce texte est toujours choisi parmi les textes mentionnés dans le descriptif comme ayant fait l'objet d'une étude détaillée. L'examinateur indique aussi quelle sera la question de grammaire. La préparation de l'explication de texte peut alors commencer. Elle dure 30 minutes.

### B. Première partie : exposé sur un des textes du descriptif

Cette première partie dure 12 minutes. Elle se déroule en trois temps :

– brève contextualisation et lecture de l'extrait à voix haute (2 points) ;

– explication linéaire du texte ou d'un passage d'une vingtaine de lignes sélectionné par l'examinateur (8 points) ;

– réponse à une question de grammaire qui s'appuie sur un passage du texte à expliquer (2 points).

**Sur quel texte peut porter l'explication linéaire ?**

Le candidat est interrogé sur un des textes ayant fait l'objet d'une étude approfondie en classe, et mentionné comme tel dans son descriptif.

Le descriptif remis par le candidat à l'examinateur indique en effet les vingt à vingt-quatre textes étudiés en classe (entre quatre et six textes par objet d'étude) qui peuvent être retenus pour l'explication linéaire.

### C. Seconde partie : présentation de l'œuvre choisie et entretien

Cette partie de l'épreuve dure 8 minutes. Elle est notée sur 8 points.

Elle se déroule en deux temps successifs :

– la présentation de l'œuvre retenue par le candidat et l'explication argumentée de son choix ;

– l'entretien au cours duquel le candidat justifie le choix de l'œuvre qu'il a retenue. Conduit de manière ouverte par l'examinateur, cet entretien ne prend pas la forme d'un questionnaire de lecture mais vérifie que le candidat s'est approprié l'œuvre.

Cette partie est indépendante de la première : l'examinateur ne revient pas sur ce qui a été dit en début d'épreuve.

## 3 L'épreuve orale de contrôle dite du « rattrapage »

Cette épreuve concerne les candidats qui seraient « au rattrapage » l'année de Terminale. Dans une telle situation, le candidat doit choisir deux disciplines à repasser, parmi toutes celles présentées au bac.

Pour rappel, les candidats qui vont au rattrapage sont ceux qui, à l'issue du premier groupe, ont obtenu une moyenne comprise entre 8 et 10. Les candidats qui ont choisi le français sont interrogés selon les modalités définies dans l'épreuve orale de première ci-dessus. Ils doivent présenter le descriptif de leur classe de première signé par le professeur de lettres (de préférence celui qu'ils ont eu en première) et de leur chef d'établissement.

# Rappel du programme

## 1 Étude de la littérature

### A. Les objets d'étude : œuvres et parcours

Le programme de français en première s'articule autour de quatre objets d'étude.

Chaque objet d'étude associe une œuvre (ou une section substantielle et cohérente d'une œuvre) et un parcours permettant de la situer dans son contexte historique et générique.

Pour chaque objet d'étude, le professeur de français doit choisir une œuvre et son parcours parmi les trois possibilités proposées. Les élèves de première travaillent donc en tout quatre œuvres et quatre parcours imposés dans l'année.

| Objet d'étude | Œuvre intégrale | Parcours associé |
|---|---|---|
| La poésie du XIXe au XXIe siècle | Victor Hugo, *Les Contemplations* (livres I à IV) | Les Mémoires d'une âme |
| | Charles Baudelaire, *Les Fleurs du Mal* | Alchimie poétique : la boue et l'or |
| | Apollinaire, *Alcools* | Modernité poétique ? |
| La littérature d'idées du XVIe au XVIIIe siècle | Rabelais, *Gargantua* | Rire et savoir |
| | La Bruyère, *Les Caractères* (livres V à X) | La comédie sociale |
| | Olympe de Gouges, *Déclaration des droits de la femme et de la citoyenne* | Écrire et combattre pour l'égalité |
| Le roman et le récit du Moyen Âge au XXIe siècle | Madame de La Fayette, *La Princesse de Clèves* | Individu, morale et société |
| | Stendhal, *Le Rouge et Noir* | Le personnage de roman, esthétiques et valeurs |
| | Marguerite Yourcenar, *Mémoires d'Hadrien* | Soi-même comme un autre |
| Le théâtre du XVIIe au XXIe siècle | Molière, *Le Malade imaginaire* | Spectacle et comédie |
| | Marivaux, *Les Fausses Confidences* | Théâtre et stratagème |
| | Jean-Luc Lagarce, *Juste la fin du monde* | Crise personnelle, crise familiale |

À ces œuvres et parcours imposés par le programme national s'ajoute la lecture cursive de quatre œuvres, une par objet d'étude. L'enseignant veille à ménager une place aux littératures francophones et étrangères, depuis les textes de l'Antiquité jusqu'aux grands textes de la littérature contemporaine.

### B. Prolongements artistiques et culturels

Ces prolongements sont choisis par l'enseignant, en fonction de l'œuvre et du parcours associé. Le professeur peut en effet décider de mettre en relation l'œuvre étudiée avec des œuvres appartenant à d'autres arts pour mieux faire comprendre aux élèves les mutations esthétiques, leurs enjeux et leurs développements spécifiques selon les formes artistiques.

## 2 Étude de la langue

### A. Présentation générale

L'étude de la langue (vocabulaire et grammaire) permet aux élèves de perfectionner leur expression orale et écrite grâce à un travail sur le lexique et la syntaxe.

L'étude de la langue servira en particulier pour la question de grammaire de l'épreuve orale qui vérifiera l'acquisition de certaines connaissances linguistiques.

### B. Les objets d'étude de la langue

Selon le programme officiel, une attention toute particulière doit être portée sur :

– Les accords dans le groupe nominal et entre le sujet et le verbe (classes lexicales et fonctions syntaxiques dans la phrase simple).

– Le verbe : valeurs temporelles, aspectuelles, modales et concordance des temps (identification des formes verbales, du rôle des temps dans le récit).

– Les relations au sein de la phrase complexe (juxtaposition, coordination, subordination).

– La syntaxe des propositions subordonnées relatives.

– **Les subordonnées conjonctives utilisées en fonction de compléments circonstanciels.**

– **L'interrogation** (l'élève doit savoir distinguer l'interrogation directe de l'interrogative indirecte).

– **L'expression de la négation.**

– Le lexique.

Les notions en gras ci-dessus seront prioritairement évaluées lors de l'épreuve orale. Elles sont traitées **fiche 55**.

# Les mouvements littéraires

Fiche 1

## 1 Qu'est-ce qu'un mouvement littéraire ?

### A. Définition

■ La notion de « mouvement littéraire » ne date que du XIXe siècle. Elle désigne un ensemble d'œuvres et d'auteurs qui appartiennent à une même époque et présentent des traits communs. En effet, un mouvement naît toujours d'un contexte social, historique, philosophique et culturel, mais aussi de rencontres humaines.

■ À chaque époque correspond un mouvement, mais ce n'est parfois qu'*a posteriori* qu'on en prend conscience et qu'on le nomme.

*Ex.* : Il faudra attendre le XXe siècle pour que le terme « baroque » désigne le mouvement du XVIIe siècle qu'on connaît.

### B. Identification

■ Identifier un mouvement littéraire permet :

– de replacer une œuvre dans un contexte idéologique, esthétique et culturel ;

– d'inscrire un auteur au sein d'une période et de le rattacher à d'autres artistes qui partagent une vision du monde et une façon d'écrire ;

– de saisir une logique globale et de comprendre que les mouvements ne sont pas dissociés les uns des autres mais s'enchaînent, soit dans la continuité, soit en opposition.

*Ex.* : Le romantisme, qui prône la liberté, s'oppose au rationalisme des Lumières et aux nombreuses règles du classicisme.

## 2 Quels éléments constituent un mouvement littéraire ?

### A. Partager une vision du monde et une façon d'écrire

Les œuvres qui appartiennent à un même mouvement littéraire ont plusieurs éléments en commun : les thèmes abordés, les objectifs des auteurs, certains procédés d'écriture, etc.

*Ex.* : Les humanistes placent l'homme au centre des préoccupations morales et philosophiques. Ils privilégient les thèmes de l'éducation et de la réflexion sur les hommes et sur soi, ainsi que les genres de l'argumentation.

**Procédés d'écriture**
Ensemble des moyens stylistiques et techniques utilisés par un auteur (figures de style, champs lexicaux, ponctuation, etc.) qui produisent un effet sur le lecteur.

### B. Se retrouver entre artistes

■ Pour constituer un mouvement littéraire, les auteurs peuvent se retrouver :

– dans un lieu qui facilite les échanges ;

*Ex. :* Le collège de Coqueret pour la Pléiade, les salons pour la préciosité.

– au sein d'un groupe ;

*Ex. :* Les romantiques forment un ensemble appelé « Cénacle ».

– autour d'un chef de file.

*Ex. :* **Zola** pour le naturalisme, **Breton** pour le surréalisme.

### C. Rédiger des manifestes

Les auteurs théorisent leurs idées nouvelles dans des essais ou des **manifestes**.

*Ex. :* L'*Art poétique* de **Boileau** pour le classicisme, le *Manifeste du surréalisme* de **Breton**, les *Notes et Contre-Notes* de **Ionesco** pour le théâtre de l'absurde.

**Manifeste**
Texte théorique dans leq[uel] un auteur expose un pr[o]gramme qui regroupe [les] intentions du mouveme[nt] littéraire.

## 3 Les difficultés que posent les mouvements littéraires

### A. Problèmes de chronologie

■ La délimitation des mouvements littéraires pose certains problèmes car :

– plusieurs mouvements peuvent se chevaucher (c'est le cas pour le baroque et le classicisme au XVIIe siècle) ;

– les bornes temporelles sont souvent floues et discutables. On associe, généralement, le classicisme au règne de Louis XIV, mais, évidemment, le mouvement ne s'arrête pas brusquement à la mort du roi !

### B. Problèmes de classements

■ La tentation peut être grande d'associer systématiquement un auteur à un mouvement littéraire. Mais il faut s'en garder car :

– beaucoup d'auteurs n'appartiennent à aucun mouvement littéraire ;

– quelques auteurs sont à la croisée des mouvements littéraires ;

*Ex. :* **Baudelaire** peut être vu comme le dernier des romantiques mais aussi comme le précurseur des symbolistes. Il est également proche du Parnasse.

– certains auteurs évoluent au cours de leur vie et peuvent appartenir à plusieurs mouvements littéraires.

# Panorama de l'Antiquité gréco-latine

Fiche 2

## 1 L'Antiquité grecque

### A. Les grandes périodes

■ La civilisation grecque antique ne se réduit pas à la seule région de l'actuelle Grèce mais couvre une large partie du bassin méditerranéen, sauf l'Afrique du Nord. Son histoire se divise en grandes périodes.

■ La Grèce archaïque débute vers le VIIIe siècle av. J.-C. L'alphabet grec se fixe, et la poésie se développe en passant à l'écrit. C'est aussi l'époque de la naissance de la philosophie (Socrate) et de l'essor des mathématiques (Pythagore).

■ La Grèce classique s'étend de 500 à 336 av. J.-C. avec l'hégémonie d'Athènes, puis celles de Sparte, de Thèbes et, enfin, de la Macédoine. Le « siècle de Périclès » (Ve siècle av. J.-C.) est l'âge d'or athénien : la philosophie et l'éloquence se développent (Platon) ; c'est l'avènement de l'art classique. Tout se place sous le signe de l'ordre, la mesure et l'harmonie.

■ La Grèce alexandrine, ou époque hellénistique, suit la période des conquêtes d'Alexandre le Grand (356-323 av. J.-C.) et s'achève à la mort de Cléopâtre en 30 av. J.-C. L'épicurisme et le stoïcisme naissent à cette époque.

### B. L'héritage littéraire et culturel

■ L'*Iliade* et l'*Odyssée* d'Homère (VIIIe siècle av. J.-C.) sont considérées comme les premières œuvres de la littérature occidentale. Ces deux **épopées** en vers racontent respectivement la guerre de Troie et le retour d'Ulysse à Ithaque. Leur héritage est majeur : les thèmes, les personnages, les motifs ont été sans cesse réécrits et ont influencé toute la littérature européenne.

> **Épopée**
> Long poème racontant les exploits de guerriers légendaires et/ou historiques d'un héros mais aussi la grandeur d'une nation ou d'un peuple.

■ Eschyle, Sophocle et Euripide sont les trois grands auteurs grecs de tragédies. Ils ont écrit plus d'une centaine de pièces chacun, même si peu nous sont parvenues, que la littérature occidentale n'a cessé de reprendre, notamment Corneille au XVIIe siècle *(Médée, Œdipe)*. Autre grand dramaturge grec, Aristophane a, lui, écrit des comédies *(Les Nuées)*.

■ Certains auteurs romains ont continué à écrire en grec, comme **Plutarque** (*Vies parallèles des hommes illustres*, v. 100-110), de même que les empereurs Marc Aurèle (121-180) et Julien (331-363).

■ La **littérature chrétienne** s'écrit aussi en grec (par exemple, le *Nouveau Testament*) à partir du Ier siècle.

## 2 L'Antiquité latine

### A. Les grandes périodes

■ L'Antiquité latine, ou romaine, s'étend de la fondation de Rome (753 av. J.-C.) à la chute de l'Empire romain (476 ap. J.-C.), soit environ 1 200 ans divisés en plusieurs périodes.

■ La **Rome royale des sept rois** commence avec la fondation de Rome par Romulus et s'achève en 509 av. J.-C.

■ La **République romaine** s'étend de 509 à 27 av. J.-C. À cette époque, les Romains dominent l'Italie et la Méditerranée. La période des guerres civiles (63-27 av. J.-C.) voit s'affronter Pompée et Jules César, puis Marc Antoine et Octave, qui deviendra l'empereur Auguste.

■ L'**Empire romain** débute avec Auguste. De nombreux empereurs sont restés célèbres pour leur folie et leur cruauté (Néron, Caligula) ou pour leur œuvre de conquête et de prospérité (Hadrien, Trajan, Marc Aurèle). Vers 285-286 ap. J.-C., l'Empire est divisé en deux : l'Empire romain d'Occident qui devient chrétien et s'effondre en 476 et l'Empire romain d'Orient (devenu Empire byzantin) qui dure jusqu'en 1453 avec la prise de Constantinople par les Ottomans.

### B. L'héritage littéraire et culturel

■ Les plus anciennes œuvres conservées sont celles des auteurs de comédies **Plaute** et **Térence** et de l'homme d'État **Caton l'Ancien**. Mais c'est entre 99 av. J.-C. et 100 ap. J.-C. que les plus grands auteurs latins écrivent. Ils sont hommes politiques (César, **Cicéron**), philosophes (**Sénèque**) ou poètes (Lucrèce, Catulle, **Virgile**, **Horace**, **Ovide**, Phèdre).

■ La littérature romaine est aussi très marquée par son **goût pour l'histoire** : Tite-Live écrit une *Histoire de Rome* depuis sa fondation, Tacite se consacre au Ier siècle dans ses *Annales*, et Suétone chronique les *Vies des douze Césars*.

**Ésope (VIIe-VIe s. av. J.-C.)**

Auteur supposé de plus de 3 fables mettant en scène des animaux et dont s'inspirèrent le poète Phèdre (Ier siècle) et Jean de La Fontaine (XVIIe siècle).

# Panorama du Moyen Âge

Fiche 3

Le Moyen Âge est une période historique qui couvre plus de 1 000 ans. Il commence à la chute de l'Empire romain en 476 et se termine à la prise de Constantinople par les Ottomans en 1453.

## 1 Les repères historiques

Le Moyen Âge occidental se divise en trois grandes périodes :

### A. Le haut Moyen Âge (476-987)

■ Après la fin de l'Empire romain d'Occident commence une nouvelle ère marquée par la succession au trône de deux dynasties de rois.

■ Les Mérovingiens (457-751), notamment Clovis (v. 465-511), unifient la Gaule et s'appuient sur l'Église pour gouverner.

■ Les Carolingiens (751-987) sont élus par leurs pairs et ont un pouvoir divin grâce à la cérémonie du sacre. Charlemagne (années de règne : 768-814), le plus connu d'entre eux, étend les limites du royaume et diffuse le christianisme en Europe.

### B. Le Moyen Âge central (987-1328)

■ Une nouvelle dynastie accède au pouvoir : les Capétiens (987-1328). Avec eux, la royauté devient héréditaire. Les rois créent alors un véritable État et soumettent les seigneurs à leur autorité. Cette période est marquée par une très forte croissance démographique.

■ C'est le temps des châteaux forts, qui permettent de lutter contre les envahisseurs et seigneurs rivaux, et des Croisades.

■ Le XIII^e^ siècle constitue l'apogée du Moyen Âge.

**Croisades**
Expéditions militaires organisées par l'Église qui envoyait les chevaliers délivrer la Terre sainte (Jérusalem) des Infidèles (les musulmans).

### C. Le Moyen Âge tardif (1328-1492)

■ À partir de 1461, le roi Louis XI (1423-1483) assure définitivement l'unité du royaume français. Mais la fin du Moyen Âge est marquée par une succession de sombres événements :

– les famines (1315-1317) font plusieurs millions de morts ;

– la Peste noire (1346-1352) décime presque toute l'Europe ;

– la guerre de Cent Ans (1337-1453) oppose les royaumes de France (dynastie des Valois) et d'Angleterre (dynastie des Plantagenêts).

## 2 Le monde médiéval

### A. Une société d'ordres et un système féodal

■ La société médiévale est très inégalitaire et repose sur trois ordres :

– ceux qui prient et vouent leur vie à l'Église : le clergé ;

– ceux qui se consacrent à la guerre : la noblesse composée des seigneurs ;

– ceux qui travaillent : les paysans, artisans et commerçants (soit 95 % de la population).

■ Le système féodal organise le pays, divisé en plusieurs fiefs (les terres qui appartiennent à de grands seigneurs). Le vassal doit obéissance et service à son suzerain qui, en échange, lui assure protection. Chaque suzerain dépend lui-même d'un seigneur qui dépend du roi.

### B. Le paysage architectural

■ Le Moyen Âge est marqué par de nombreuses constructions d'églises, de monastères et de cathédrales. Deux styles architecturaux se développent :

– l'art roman (1000-1150) : style sobre caractérisé par une voûte soutenue d'arcs en fer à cheval et reposant sur des piliers. Les chapiteaux et le tympan (sur l'entrée de la façade extérieure) sont sculptés et peints ;

– l'art gothique (1150-1500) : style plus aérien où la croisée d'ogives et l'arc-boutant permettent de réduire l'épaisseur des murs et de construire des églises beaucoup plus hautes et majestueuses où pénètre davantage de lumière. L'art du vitrail se développe.

### C. La naissance de la littérature française

■ Au Moyen Âge, le latin est utilisé à l'écrit et pour tout ce qui touche aux affaires officielles. Les Français utilisent la langue d'oïl (ou langue romane) dans la partie nord de la France et la langue d'oc dans le Sud.

■ On assiste également à la naissance de la littérature française. Les poèmes des troubadours (langue d'oc) et des trouvères (langue d'oïl) étaient chantés et transmis à l'oral. *La Chanson de Roland*, au XIe siècle, est la première œuvre rédigée en langue française et marque, en littérature, le début du Moyen Âge.

**Christine de Pisa**
**(v. 1365-v. 1430**

Première femme à vi de sa plume, elle a é en français de nombreu ballades et un récit allé rique *(La Cité des dame*

# Courtoisie et littérature courtoise

Fiche 4

La courtoisie est un art de vivre et d'aimer. On la trouve dans les poèmes et romans des XIIe et XIIIe siècles destinés à un public d'élite (la Cour). La littérature courtoise marque le passage d'une littérature orale à une littérature écrite et signée par un auteur.

## 1 La courtoisie

### A. La Cour d'Aliénor d'Aquitaine

Aliénor d'Aquitaine (1122-1204) a été une reine française, mariée à Louis VII, puis anglaise, mariée au futur roi d'Angleterre Henri II. Petite-fille du premier troubadour Guillaume IX, elle développe la courtoisie dans sa Cour d'Aquitaine où elle introduit une façon de vivre qui repose sur le raffinement. Elle soutient les troubadours et accueille Chrétien de Troyes. Parallèlement, la courtoisie se déploie partout en France.

*Ex.* : **Chrétien de Troyes**, dans sa chanson *Amors, Tençon et Bataille* écrit : « *Nus, s'il n'est cortois et sages, / Ne puet riens d'Amor apprendre* ». Cela signifie que seul quelqu'un de sage et de courtois peut apprendre d'Amour. *Amour* est ici personnifié.

### B. La courtoisie et la *fin' amor*

■ Le terme « courtoisie » est dérivé de « Cour » car c'est au sein des cours que cet art de vivre se développe. La noblesse de naissance doit alors s'associer à une noblesse de l'âme et se traduire par une conduite exemplaire, faite d'élégance, de politesse et de générosité.

■ La *fin' amor* (« amour parfait ») désigne l'amour courtois qu'un chevalier entretient pour sa dame. Elle a été théorisée par André le Chapelain dans son *Tractatus de amore* (v. 1184) et met en évidence toute la finesse d'une relation respectueuse fondée sur plusieurs codes et étapes : rencontre, échange de regards, promesses, baiser, don de soi.

**Œuvre-clé**

***Le Roman de la Rose* (1230-1235)**

Écrit par Guillaume de Lorris et Jean de Meung, ce poème de plus de 20 000 vers est un récit allégorique dans lequel la rose représente la femme aimée.

■ Afin de plaire et de mériter la femme aimée, le chevalier doit accomplir des exploits. La *fin' amor* repose sur la soumission de l'homme à la femme. Comme les mariages de l'époque étaient souvent arrangés, le véritable amour courtois était, généralement, une relation hors mariage.

## 2 La poésie courtoise

### A. Les troubadours chantent l'amour

■ Les troubadours, ou trouvères, comme Jaufré Rudel et Bernard de Ventadour, sont des compositeurs poètes et musiciens (les femmes troubadours sont des « trobairitz »). Ils jouent de plusieurs instruments (tambourin, cornemuse, flûte à bec, luth) et chantent des poèmes écrits en vers réguliers. Ils sont accompagnés de jongleurs ou ménestrels.

■ Le genre le plus répandu était celui de la chanson de geste, long poème épique racontant les exploits des chevaliers. La *serena* (ou « sérénade » en langue d'oïl) était, quant à elle, utilisée pour chanter la lamentation du chevalier amoureux.

### B. Les *Lais* de Marie de France

Les *Lais* de Marie de France sont de brefs poèmes narratifs qui célèbrent l'amour et reprennent plusieurs clichés lyriques : l'arrivée du printemps, la femme mal mariée, la critique de l'amour égoïste, etc.

*Ex.* : Dans *Le Lai du rossignol*, la dame mal mariée ne peut voir son amant qu'en allant à sa fenêtre, prétextant auprès de son mari, que c'est pour écouter le chant du rossignol. Le mari finit par tordre le cou de l'oiseau.

## 3 Les romans courtois

### A. Le cycle arthurien

Chrétien de Troyes est le grand auteur des romans du cycle arthurien et des chevaliers de la Table ronde. Il met en scène Lancelot qui se bat pour Guenièvre, l'épouse du roi Arthur *(Le Chevalier à la charrette)*. Pour plaire à sa dame, le chevalier errant doit affronter des épreuves.

**Chrétien de Troy (v. 1135-1183)**

Ce poète français est premier auteur de rom de chevalerie.

### B. La légende de Tristan et Iseut

La légende de Tristan et Iseut constitue un modèle d'amour courtois. Tristan, neveu du roi Marc, est amoureux de la femme de ce dernier, Iseut. En effet, un serviteur lui a servi le philtre d'amour qui était destiné au roi. La folle passion qui lie les amants est interdite. Plusieurs auteurs ont écrit et réécrit cette histoire devenue un mythe : Béroul, Thomas, etc.

# Les formes non courtoises

Fiche 5

Bien que la courtoisie domine à la Cour, toute une littérature bourgeoise se développe dans les villes. Elle s'oppose à l'esprit féodal et se moque des valeurs chevaleresques, qui reculent à la fin du Moyen Âge.

## 1 La littérature comique et satirique

### A. *Le Roman de Renart* (v. 1174)

■ Cette œuvre est un ensemble de récits animaliers écrits en vers qui mettent en scène Renart le goupil, espiègle et rusé, grand ennemi d'Ysengrin le loup, toujours dupé et cocu. Ils ont été composés par plusieurs auteurs et ont, ensuite, été rassemblés. On appelle cet ouvrage « roman » car il a été rédigé en langue romane, c'est-à-dire en français.

■ Les histoires de Renart sont, le plus souvent, des critiques sociales. Les auteurs s'en prennent au clergé et font des parodies des chansons de geste. Le monde féodal, avec sa hiérarchie, est tourné en dérision : Renart symboliserait le peuple, Ysengrin la bourgeoisie, Grimbert le blaireau le clergé et l'ours Brun la noblesse.

**Renart**

C'est du nom propre « Renart » que vient l'actuel « renard ». Au Moyen Âge, on utilisait le mot « goupil » pour désigner cet animal.

### B. Les fabliaux et les isopets

■ Écrits pour la plupart au XIIIe siècle, les fabliaux sont de petites histoires satiriques plaisantes, rédigées en vers, et dont l'intention est de faire rire. À la différence des romans chevaleresques ou de la poésie courtoise, ils situent leurs actions dans le quotidien. Utilisant tous les ressorts comiques (comique de gestes, de situation, de mots, de caractère), les fabliaux s'en prennent aux moines et aux paysans, souvent mis en scène dans des histoires obscènes.

■ Marie de France (XIIe siècle) est une poétesse qui écrit, de son côté, des fables nommées « isopets », en référence à Ésope.

### C. Le théâtre comique

■ Au XVe siècle, alors que le théâtre religieux permet d'enseigner les épisodes bibliques aux fidèles qui ne savent pas lire, des pièces comiques se développent dans les villes. Elles sont appelées « farces ».

■ *La Farce de Maître Pathelin* est considérée comme la première pièce comique de la littérature française. Le personnage principal, Maître Pathelin, est un avocat devenu pauvre, trompeur et beau parleur. L'expression « Revenons à nos moutons » vient de cette farce !

## 2 Le renouvellement poétique

### A. Rutebeuf (v. 1230-1285)

■ On ne connaît toujours pas la véritable identité de cet auteur du XIIIe siècle, caché sous le surnom Rutebeuf (le « bœuf vigoureux »). Ses poèmes s'opposent aux textes courtois qui dominent alors.

■ Dans ses poèmes, souvent satiriques, Rutebeuf fustige la mollesse des chevaliers, attaque le clergé, critique l'hypocrisie. Il est un des premiers à évoquer la pauvreté et les misères de la vie (*Poèmes de l'infortune*).

### B. François Villon (v. 1431-1463)

■ François de Montcorbier, dit François Villon, est un poète marginal de la fin du Moyen Âge. Emprisonné à la suite d'une bagarre, protégé à la Cour de Charles d'Orléans, condamné à la pendaison… il devient un mythe, une sorte de « poète maudit » avant l'heure.

■ Ce poète « mauvais garçon » écrit son *Testament* poétique en prison (1461). Poète de la ville, il a recours à de nombreuses tonalités, du comique le plus grossier aux réflexions philosophiques les plus graves sur la mort, décrite de façon très réaliste, et le temps qui passe.

**Œuvre-clé**

*Ballade de la Grosse Marg* (1461)

Poème de Villon qui paro l'amour courtois : le p sonnage principal est prostituée.

### C. De nouvelles formes poétiques

■ La fin du Moyen Âge voit l'émergence de formes poétiques qui renouvellent le lyrisme des poèmes courtois. Le rondeau est une forme fixe appelée ainsi du fait de la répétition (rond) des premiers vers au milieu et à la fin du poème. La ballade est une autre forme fixe composée de trois refrains et d'un envoi destiné à la dame aimée.

■ Charles d'Orléans (1394-1465), qui a développé ces deux genres, est fait prisonnier par les Anglais durant la bataille d'Azincourt et reste un quart de siècle en prison. Ses poèmes allégoriques sont teintés de mélancolie : la France perdue devient la destinataire privilégiée de ses écrits.

# Panorama du XVI^e siècle

Fiche 6

Le XVI^e siècle marque la fin du Moyen Âge et l'entrée dans la modernité : c'est la Renaissance.

## 1 Les repères historiques

### A. La France se modernise

■ En France, sept rois se succèdent sur le trône : Louis XII (années de règne : 1498-1515), François I^er (1515-1547), Henri II (1547-1559), François II (1559-1560), Charles IX (1560-1574), Henri III (1574-1589) et Henri IV (1589-1610).

■ Le siècle s'ouvre sur les guerres d'Italie, menées par les souverains français, à partir de 1494, dans le but de mettre la main sur le royaume de Naples et le duché de Milan. En tout, onze conflits se déroulent jusqu'en 1559, opposant notamment François I^er à Charles Quint, dont l'Empire s'étend de l'Espagne (y compris les colonies) jusqu'aux Pays-Bas.

■ François I^er est le roi qui symbolise le mieux la Renaissance. Il gouverne de façon moderne et entreprend de centraliser le pays : il nomme les évêques, organise une Cour, fonde un état civil moderne et impose le français comme langue officielle dans l'administration et le droit (ordonnance de Villers-Cotterêts, 1539). Il fait aussi construire certains des châteaux de la Loire et crée le dépôt légal pour les livres.

**Français**

Au XVI^e siècle, le français était la langue de la Cour et des élites. Le peuple parlait d'autres langues, selon les régions : occitan, breton, etc.

### B. Les guerres de Religion

■ Martin Luther (1483-1546), un moine allemand, s'oppose à l'Église catholique sur le dogme et la pratique du culte. En 1517, il affiche ses 95 thèses sur les portes du château de Wittenberg : c'est la naissance du protestantisme, poursuivi en France par Jean Calvin (1509-1564).

■ En France, la seconde moitié du XVI^e siècle est marquée par les guerres de Religion : le pouvoir royal voit le protestantisme comme un facteur de division du pays. S'il y a des tentatives d'apaisement, les exactions sont nombreuses, comme le massacre de la Saint-Barthélemy (24 août 1572), pendant lequel 2 000 protestants sont tués à Paris et plusieurs milliers ailleurs en France. En 1598, l'édit de Nantes met fin à ces guerres en reconnaissant les protestants et en leur accordant droits, égalité et sécurité.

## 2 Les repères culturels

### A. Les Grandes Découvertes

■ La découverte du Nouveau Monde (1492) par Christophe Colomb repousse les frontières du connu. Vers 1497-1500, le Portugais Vasco de Gama accomplit son premier voyage en Inde et Magellan fait le premier tour du monde entre 1519 et 1522. En 1534, Jacques Cartier met le pied sur ce qui deviendra le Canada.

■ La carte du monde, surtout économique, se redessine. Les premiers atlas mondiaux voient le jour dans la seconde moitié du siècle, dont celui du géographe Abraham Ortelius en 1570. La curiosité pour les mondes lointains s'empare de l'Europe, mais c'est aussi le début de l'exploitation et du massacre des populations indigènes par les Européens.

### B. Les sciences et techniques

■ Le XVI^e^ siècle voit également repousser les frontières célestes avec le développement de l'astronomie : Copernic défend la thèse de l'héliocentrisme (1543), reprise ensuite par Galilée. Les deux hommes sont bien sûr contestés, mais l'idée est lancée et va continuer de prospérer.

> **Héliocentrisme**
> Système considérant le Sol[eil]
> comme centre de l'Univers

■ Aux travaux de Léonard de Vinci (1452-1519), succède un grand nombre d'avancées techniques et scientifiques : inventions du mousquet, du thermomètre, de la montre mécanique ou encore du crayon, innovations en mécanique, recherches mathématiques poussées, etc.

■ La médecine connaît, elle aussi, une avancée majeure, grâce aux nouvelles connaissances sur l'anatomie et à Ambroise Paré (v. 1509-1590) qui est considéré comme le premier chirurgien.

■ La diffusion de toutes ces nouvelles connaissances se fait grâce au perfectionnement de l'imprimerie, mise au point vers 1450-1455 par Gutenberg.

### C. La littérature du XVI^e^ siècle

■ La soif de curiosité qui s'empare des penseurs européens fait du XVI^e^ le siècle de la Renaissance, qui va s'exprimer en littérature dans l'humanisme **(voir fiche 7)** et la poésie de la Pléiade.

■ L'Italie et la Réforme influencent les écrivains français qui sont avant tout poètes, théologiens, historiens et érudits, à l'image de Montaigne (1533-1592). Mis à part les géants de Rabelais (v. 1494-1553), on retient peu de romans de cette période.

# L'humanisme de la Renaissance

Fiche 7

L'humanisme est un mouvement intellectuel européen qui prône le retour à la culture antique et met l'homme au centre de tous les savoirs.

## 1 Caractéristiques

### A. Le retour aux lettres et à l'antique

■ L'arrivée de l'imprimerie en 1455 a peu à peu permis une plus grande diffusion des livres et des textes. On redécouvre alors les œuvres de l'Antiquité grâce aux érudits qui fuient Constantinople à la chute de l'Empire byzantin (1453).

■ Les humanistes rejettent le Moyen Âge qu'ils trouvent barbare et veulent retourner aux textes-sources, débarrassés des commentaires obscurs. L'humanisme se constitue donc d'abord dans la **philologie** et la traduction des œuvres afin de les rendre accessibles au plus grand nombre.

**Philologie**
Étude d'une langue s'appuyant sur des textes anciens.

■ Revenir au texte, c'est aussi revenir au texte biblique qu'on doit lire et comprendre soi-même plutôt que de se référer aux interprétations de l'Église. Cette idée du rapport direct au texte se retrouve dans la Réforme. Cependant, les protestants sont plus pessimistes sur la condition de l'homme que les humanistes qui ont foi en lui.

### B. L'homme au centre

■ Pour les humanistes, l'homme doit être au centre de tous les savoirs : philosophie, théologie, histoire, anatomie… mais aussi au centre de l'art.

■ La pédagogie est une question fondamentale de cette pensée car elle permet de faire un homme (pas encore une femme…) complet, érudit mais capable d'une réflexion propre. Pour cela, l'éducation doit être diversifiée et personnalisée, soignant le corps comme l'esprit (« *un esprit sain dans un corps sain* » hérité du poète latin Juvénal).

■ Mettre l'homme au centre, c'est aussi avoir un idéal politique, fondé sur le pacifisme, et imaginer des sociétés exemplaires qui donneraient à chacun sa juste place et où tous seraient considérés. C'est ce que proposent Thomas More dans *Utopia* (1516) et François Rabelais dans l'épisode de l'abbaye de Thélème (*Gargantua*, 1534/35). Certains humanistes cherchent à influencer directement la vie politique de leur temps, comme le philosophe

Érasme, qui sera conseiller de Charles Quint pendant un temps, ou Montaigne, qui sera maire de Bordeaux.

## 2 Deux grands humanistes

### A. François Rabelais (v. 1494-1553)

■ Rabelais est une des grandes figures de l'humanisme : médecin et moine bénédictin, puis prêtre séculier, il est un érudit capable de lire les textes grecs dans leur version originale.

■ Il est connu pour ses quatre romans dont les personnages sont des géants : *Pantagruel*, *Gargantua*, *Le Tiers Livre* et *Le Quart Livre*. Ces œuvres ont été condamnées par les théologiens, entre autres parce que les personnages y lisent eux-mêmes la Bible.

■ Ses thèmes de prédilection sont :

– l'éducation, qui doit aborder tous les domaines du savoir, en privilégiant la réflexion plutôt que l'apprentissage par cœur ;

– le comique, souvent fondé sur l'exagération grâce au gigantisme des personnages, mais aussi la farce, la grossièreté (scatologie, obscénité, etc.), la satire, la parodie des genres littéraires ;

– l'intention critique et satirique contre les religieux hypocrites qui font la guerre et recherchent leurs propres intérêts, contre la Sorbonne, contre les superstitieux, etc. ;

– le jeu sur le langage avec de nombreux néologismes, expressions fantaisistes, calembours, contrepèteries, etc.

**Œuvre-clé**

*Gargantua* (1534/35)

Ce roman raconte la vie géant éponyme, depuis naissance jusqu'à la gue qu'il mène contre Picrocho Il réunit les thèmes-clés l'humanisme.

### B. Michel de Montaigne (1533-1592)

■ Montaigne est l'auteur d'un seul ouvrage : les *Essais* (1580-1588), dont il invente la forme libre.

■ Les *Essais* sont une œuvre en mouvement, sans cesse complétée et éditée trois fois par l'auteur lui-même. C'est une forme nouvelle par laquelle Montaigne revendique la liberté de ton et de sujets : réflexions, anecdotes, éléments autobiographiques, parfois même intimes, emprunts aux auteurs de l'Antiquité, etc. Son projet est de « *se peindre* ».

■ Les thèmes chers à l'humanisme, comme l'éducation, reviennent souvent dans les *Essais*.

■ Montaigne fut parmi les premiers à dénoncer la torture ou l'extermination des Indiens d'Amérique et leur esclavage.

# Panorama du XVII^e siècle

Fiche 8

Pour les historiens, le Grand Siècle commence après l'assassinat d'Henri IV par Ravaillac en 1610. Ce siècle est marqué par le règne absolutiste de Louis XIV.

## 1 Les repères historiques

### A. Deux rois, deux périodes

■ La première période se déroule sous le règne du jeune Louis XIII (1610-1643), dont la mère, Marie de Médicis, assure la régence. L'homme fort du pouvoir est le cardinal de Richelieu.

■ La seconde période se passe sous Louis XIV (1638-1715). Ce dernier ne commence vraiment à régner qu'en 1661. Avant cela, c'est sa mère, Anne d'Autriche, qui est régente avec l'aide du cardinal Mazarin.

**À savoir**

Alexandre Dumas écrit *Les Trois Mousquetaires* en 1844, mais l'intrigue se passe au XVII^e siècle et met en scène d'Artagnan, ses compagnons, et le cardinal de Richelieu.

### B. La monarchie absolue du Roi-Soleil

■ À partir de 1661, Louis XIV gouverne seul et il a tous les pouvoirs (législatif, exécutif et judiciaire). Il veut que la France soit une grande puissance européenne et entreprend d'agrandir le royaume par des guerres et des annexions. Mais la fin de son règne est beaucoup moins glorieuse : défaites militaires, quasi-ruine, famines et persécutions des protestants.

■ Sous son règne se développent arts, commerce, sciences et techniques avec la naissance des manufactures et des Académies comme celle des sciences, en 1666, créée par le ministre d'État Colbert (1619-1683).

■ Pour centraliser le pouvoir et « surveiller » la haute noblesse, Louis XIV instaure une Cour. Les courtisans assistent à tous les aspects de sa vie (même les plus intimes !) et le flattent pour espérer obtenir des rentes ou des postes. En 1682, la Cour s'installe au château de Versailles.

## 2 Les repères culturels et littéraires

### A. Le Roi-Soleil, protecteur des arts et des sciences

■ Louis XIV protège les arts mais les contrôle aussi avec la censure royale, la nomination des directeurs des Académies, etc.

■ Le monarque se passionne pour le théâtre et le ballet : il soutient financièrement Molière (qui installe sa troupe au théâtre du Palais-Royal), puis Racine (qui est aussi son historiographe) et confie la musique de Versailles à Lully. En 1680, il crée la Comédie-Française.

■ De grandes réalisations architecturales sont commandées sous son règne : le château de Versailles conçu par Le Vau, Le Brun et Le Nôtre, l'hôtel des Invalides, la colonnade du Louvre, etc.

■ Louis XIV encourage également l'essor des sciences : il fait, par exemple, construire l'Observatoire de Paris et le Jardin des Plantes.

### B. Le baroque et le classicisme

Pendant le Grand Siècle, deux tendances majeures coexistent tout en s'opposant : le baroque et le classicisme. Là où le baroque fait l'éloge du mouvement, de l'instabilité, de la nouveauté, le classicisme s'inspire de l'Antiquité **(voir fiches 9, 10 et 11)**.

### C. D'autres genres, formes et courants

■ La préciosité (1650-1660) naît dans les salons tenus par des femmes de la haute noblesse, comme Madeleine de Scudéry. C'est un idéal de comportement (galanterie, honnêteté, raffinement) qui refuse les mots communs et vulgaires.

■ Les moralistes, quant à eux, décrivent et analysent les mœurs de leurs contemporains (surtout des gens de la Cour) dans des genres variés.

*Ex. :* *Les Caractères* de **La Bruyère** (1688-1696).

**Œuvre-clé**

***Les Précieuses ridicules* (1659)**

Dans cette pièce, Molière fa[it] la satire de la préciosité.

■ Les philosophes comme Blaise Pascal (*Pensées*, 1669 posthume) ou Bossuet réfléchissent eux aussi à la condition humaine.

■ De grands poètes et fabulistes sont également actifs, comme Nicolas Boileau et Jean de La Fontaine.

■ Enfin, l'épistolaire est aussi très représenté.

*Ex. :* Les *Lettres* réelles de **Madame de Sévigné** (éditées au XVIIIe siècle) ou fictives de **Guilleragues** (*Les Lettres portugaises*, 1669).

Une corneille perchée sur la racine de la bruyère boit l'eau de la fontaine Molière.

# Le baroque

Fiche 9

Le baroque est un courant artistique qui débute à la fin du XVIe siècle.

## 1 Les grands principes du baroque

### A. Les origines

■ Le mot vient du portugais *barroco* qui signifie « perle irrégulière ». Le baroque s'oppose en effet aux formes régulières, c'est-à-dire contraintes par des règles. En art comme en littérature, le baroque rejette les lignes droites et privilégie les détours, les arabesques, les illusions, la folie, les rêves, la métamorphose, etc.

■ Le baroque naît en Italie à la fin du XVIe siècle, mais il ne s'épanouit en France que dans la première moitié du XVIIe siècle, sous le règne de Louis XIII.

■ Le baroque s'oppose au classicisme mais certains auteurs passent d'un mouvement à l'autre, selon les moments de leur vie : c'est le cas de Corneille.

■ On utilise encore le terme « baroque » pour parler d'œuvres exubérantes aux formes libres, souvent foisonnantes, et qui rejettent les contraintes.

### B. Un courant qui touche plusieurs arts

■ En peinture : les artistes représentent le mouvement ; les expressions et sentiments sont exagérés ; les couleurs sont chaudes et contrastées ; le clair-obscur permet d'attirer l'attention sur certaines zones ; les lignes sont courbes. Les peintres baroques sont nombreux à travers l'Europe. On peut notamment citer : Vermeer, Rembrandt, Vélásquez, Michel-Ange, Caravage, etc. C'est aussi la grande époque des vanités, ces tableaux qui mettent en évidence la mortalité de l'homme, souvent grâce à la représentation d'un crâne.

> **Vanité**
>
> « *Vanité des vanités, tout est vanité.* » Cette formule biblique donne son nom aux natures mortes très répandues à l'époque baroque et qui rappellent à l'homme sa condition humaine.

■ En architecture : vastes dimensions, volutes et arabesques, décorations abondantes, trompe-l'œil et clair-obscur sont quelques-unes des caractéristiques du baroque architectural, qui s'affranchit des règles classiques et cherche l'innovation. Le dôme de la Sorbonne, par exemple, relève du baroque.

■ En musique, le baroque s'étend jusqu'au milieu du XVIIIe siècle. Attention ! Le mouvement baroque en musique ne correspond donc pas exactement à la période du baroque en littérature. Des formes nouvelles voient le jour : l'opéra, le concerto, la sonate, etc. Bach, Lully ou encore Vivaldi font partie des compositeurs baroques majeurs.

## 2 Le baroque en littérature

### A. Au théâtre

■ Le théâtre baroque est le théâtre de la liberté qui refuse la division classique tragédie/comédie et lui préfère la tragi-comédie. Les personnages sont démesurés, les sentiments sont exacerbés, l'intrigue est complexe, il n'y a pas d'unité de ton ou d'action (contrairement au classicisme).

■ Les auteurs jouent avec le principe du théâtre dans le théâtre qui reprend les motifs du trompe-l'œil et de la mise en abyme. Les thèmes baroques sont repris : le rêve, la mort, etc.

**Œuvre-clé**

***La Vie est un songe* (1635)**
Pièce majeure du théât[re] baroque espagnol écrite p[ar] Calderón qui, comme s[on] titre l'indique, propose u[ne] réflexion sur l'illusion et [la] réalité.

***Ex. :*** Dans *L'Illusion comique* (1635), **Corneille** fait parler un père à la recherche de son fils qui s'adresse à un magicien. Celui-ci met en scène l'histoire arrivée à ce fils perdu qui s'avère être comédien. Véritable mise en abyme, ce texte fait l'éloge explicite du théâtre.

### B. Dans les romans

■ Les romans baroques sont très longs : ils foisonnent de descriptions, d'éléments d'imagination (merveilleux, allégories, grotesque, etc.). Les personnages se déguisent, se font passer pour d'autres, sont victimes d'illusions ou de leurs rêves. Le thème de la mort est également très présent.

■ En France, on trouve en particulier des romans baroques héroïques avec de nombreuses digressions et des intrigues compliquées, parfois un peu oubliées au fil du récit, qui est très long… Ce sont des romans sentimentaux dont les héros vont d'aventure en aventure pour essayer de se retrouver.

# Le classicisme : la tragédie

Fiche 10

Héritée de l'Antiquité grecque et codifiée au XVII^e siècle, la tragédie est le genre littéraire phare du Grand Siècle.

## 1 Les caractéristiques de la tragédie

### A. Les origines

■ La **tragédie** est un genre théâtral emprunté à l'Antiquité grecque. À Athènes, la tragédie est d'abord une cérémonie religieuse, et ce n'est qu'avec l'invention de la démocratie que le théâtre devient une affaire culturelle.

■ La *Poétique* d'Aristote (IV^e siècle av. J.-C.) théorise la catharsis (« purgation des passions ») et la tragédie : le spectateur ressent à la fois de la peur pour le personnage et de la pitié.

**Tragédie**

Étymologiquement, la *tragôdia* est le « chant du bouc », l'animal offert en sacrifice à Dionysos, le dieu grec du Théâtre et de la Fête.

### B. Les codes

■ La tragédie classique se codifie vers 1630 : c'est une pièce de théâtre en vers, en cinq actes, écrite dans un registre de langue soutenu et qui met en scène des grands personnages (issus de familles royales) confrontés à des événements funestes.

■ Le sujet des intrigues peut être historique, biblique ou mythologique (les auteurs du XVII^e siècle veulent toucher à l'universel).

■ Les thèmes sont : l'amour, la politique, la justice et la vengeance.

### C. Les héros et les héroïnes tragiques

■ Le héros tragique est paré de nombreuses qualités : loyauté, courage, réflexion, générosité, etc. Mais il peut aussi être cruel et faillible.

■ Ses sentiments amoureux s'opposent à son sens du devoir ou au destin. Il est face à un choix impossible entre deux valeurs : on parle de « dilemme ». À la fois victime et coupable, le héros est soumis à la fatalité : il a beau lutter, son destin funeste est tracé d'avance.

## 2 Les trois règles de la tragédie classique

### A. La règle de la bienséance

Il ne peut y avoir ni violence ni démonstrations d'amour sur scène. Si besoin, il faut qu'un personnage se fasse le narrateur de ce qu'il a vu.

*Ex. :* Dans *Phèdre* de **Racine** (1677), le personnage de Théramène raconte la mort d'Hippolyte qui a eu lieu hors scène.

### B. La règle de la vraisemblance

Il n'y a pas de magie, pas de bouffonnerie, mais une intrigue réaliste qui justifie les actions des personnages et leurs passions. L'unité de temps est liée à la règle de vraisemblance : le temps de l'action est court pour se rapprocher le plus possible du temps de représentation de la pièce.

**Citation**

*« Qu'en un lieu, qu'en un jour, un seul fait accomp[li] Tienne jusqu'à la fin [le] théâtre rempli. »*

**Boileau**, *Art poétique*, 16[74]

### C. La règle des trois unités

- L'unité de lieu : en général, l'action se déroule dans un palais, souvent un péristyle à l'antique (une sorte de hall), un lieu neutre et de passage. Il est donc vraisemblable que les personnages s'y croisent et s'y parlent.
- L'unité de temps : l'intrigue doit se dérouler sur une journée.
- L'unité d'action : toutes les péripéties doivent être reliées au même enjeu principal, à la même intrigue qui structure le texte.

## 3 Les grands auteurs de la tragédie classique

### A. Pierre Corneille (1606-1684)

- Corneille est un auteur prolifique qui a écrit plus de trente pièces. Il a cherché à donner plus de liberté aux dramaturges en proposant une unité de lieu élargie à une ville entière. Il a également voulu que ses personnages suscitent de l'étonnement, et pas seulement de la pitié et de la crainte. Il n'a pas hésité à écrire des tragédies qui se terminent bien (*Cinna*, 1641) et à mêler classicisme et baroque.
- Beaucoup de ses pièces sont inspirées de l'Antiquité, soit historique, soit mythologique (*Médée*, 1635). Ses héros sont en proie à un conflit intérieur entre l'amour et le devoir (dilemme cornélien).

### B. Jean Racine (1639-1699)

- Protégé par Louis XIV, Racine fait représenter ses premières pièces à partir de 1665 : *Andromaque* (1667), *Britannicus* (1669), *Bérénice* (1670), *Iphigénie* (1674), *Phèdre* (1677), etc.
- Ses tragédies sont pessimistes : les héros sont victimes du destin et sont voués à la mort. Ils éprouvent un amour passionnel qui leur fait commettre des actes immoraux ou des trahisons.
- La langue racinienne est à la fois précise et poétique, faite de monologues lyriques classiques et de narrations épiques.

# Le classicisme : la comédie

Fiche 11

À l'origine, la « comédie » n'est pas comique : le rire est réservé aux farces populaires méprisées par les érudits. Il faut attendre Molière pour que le rire gagne ses lettres de noblesse.

## 1 Les caractéristiques de la comédie classique

### A. Les origines

■ Le mot français « comédie » apparaît au Moyen Âge et désigne, au départ, le théâtre en général (d'où le terme « comédien »). À partir de la Renaissance, le mot commence à désigner un genre théâtral qui s'oppose à la tragédie mais qui ne fait pas forcément rire.

■ En effet, le rire est d'abord associé à la farce, qui se joue sur des tréteaux en bois dans les foires. Ce genre populaire est considéré comme grossier avec ses stéréotypes et son comique de situation. Ce type de pièce est méprisé par les gens de lettres et la haute société.

### B. Au début du XVII^e^ siècle

■ Entre 1630 et 1640, le théâtre devient une pratique courante de société : le public s'élargit, des troupes s'installent dans des salles faites pour elles et proposent d'autres formes théâtrales, inspirées par exemple des théâtres espagnol et italien (*commedia dell'arte*).

■ C'est grâce à Corneille que naît la comédie classique, vers 1630. Il s'agit alors d'une pièce en cinq actes qui met en scène des personnages de la bourgeoisie ou de la petite noblesse, au sein d'une maison particulière et dans un registre de langue plus courant que pour la tragédie.

> ***Commedia dell'arte***
> Genre du théâtre populaire italien du XVI^e^ siècle. Les acteurs suivent des intrigues stéréotypées à partir desquelles ils improvisent acrobaties, mimes et *lazzis*.

■ Les intrigues tournent autour du mariage, de l'amour et des situations assez ordinaires. Même si l'ensemble est plaisant, ce n'est pas encore un genre qui cherche à faire rire, ni même une satire.

## 2 Jean-Baptiste Poquelin, dit Molière (1622-1673)

### A. La comédie prend forme

■ Molière est un comédien et dramaturge du XVII^e^ siècle qui installe sa troupe à Paris en 1658. Dans ses pièces, il mélange toutes les influences qu'il a pu côtoyer en parcourant la France : farce, théâtre de foire, comédie italienne classique et *commedia dell'arte*, dont il utilise les ressorts (comiques de mots et de gestes surtout).

■ Dans ses comédies, Molière donne leur place aux petites gens à travers des personnages comme le valet ou la servante, souvent porteurs de sagesse. Les femmes héritent également de rôles importants et sensés.

**Ex. :** Elmire est la seule à voir clair dans le jeu de l'hypocrite Tartuffe.

■ Avec Molière, la comédie devient enfin comique. Ses œuvres sont l'exemple même de la « comédie classique ». Pourtant, malgré un certain respect des codes, le dramaturge expérimente des formes très variées : comédies en vers, comédies en prose, farces, comédies-ballets, etc.

**Ex. :** *Le Malade imaginaire* (1673) est une comédie-ballet dont les trois actes sont rythmés par des intermèdes musicaux qui allient chants et ballets.

### B. Le rire sérieux

■ Molière veut *« peindre d'après nature »* (*La Critique de L'École des femmes*, 1663) et représenter la société de son temps : les médecins, les précieux, les faux dévots, la place des femmes, etc. Ses personnages sont travaillés, voire complexes, comme Don Juan. Les procédés comiques n'empêchent pas le réalisme des situations mises en scène.

**Citation**

*« Castigat ridendo mores*
Cette devise latine qui sig
fie « Elle [la comédie] corr
les mœurs en riant »
devenue la devise de Moliè

■ Le rire est mis au service d'une peinture réaliste et souvent satirique de la société. Par exemple, les médecins, pédants mais ignorants, sont largement critiqués (*Le Médecin malgré lui, Le Malade imaginaire*, etc.). Si la forme est comique, l'intention est sérieuse, voire politique. Molière fait l'éloge du bon sens, de la raison et de la modération.

# Panorama du XVIIIe siècle

Fiche 12

Au XVIIIe siècle se diffusent de nouvelles idées et connaissances. La monarchie absolue disparaît pour laisser place à un régime politique inspiré par l'esprit des Lumières.

## 1 Les repères historiques

### A. La fin de l'Ancien Régime

■ À la mort de Louis XIV, en 1715, Louis XV, âgé de cinq ans, est trop jeune pour régner. La Régence, assurée par Philippe d'Orléans, est vécue comme une libération et dure jusqu'en 1723 quand Louis XV, surnommé « le Bien-Aimé », reprend le trône. Malgré ce surnom, le souverain sera très impopulaire pendant sa fin de règne. Sa mort provoquera même des festivités dans Paris.

■ Lorsque Louis XVI lui succède, en 1774, les mauvaises récoltes engendrent une crise économique importante. En 1789, les États Généraux (les députés) sont convoqués ; la Révolution française éclate juste après. Louis XVI est guillotiné en 1793 : il sera le dernier roi de France de l'Ancien Régime.

### B. Les affaires religieuses

■ Si les philosophes des Lumières luttent contre le fanatisme et les superstitions, ils ne sont cependant pas tous des non-croyants ! Certes, ils critiquent les institutions religieuses et l'Église, mais pas la foi. Pour les déistes, par exemple, Dieu est un architecte qui a créé le monde mais n'intervient plus dans le cours des choses.

■ Les tensions entre catholiques et protestants demeurent présentes au XVIIIe siècle. En 1763, Voltaire prend la défense de Calas, commerçant protestant toulousain accusé, à tort, d'avoir assassiné son fils pour l'empêcher de devenir catholique.

**À savoir**

Diderot, athée, pense que l'Univers est un assemblage d'atomes. Rousseau, qui est théiste, croit qu'un Dieu existe mais ne se reconnaît dans aucune religion.

### C. L'apogée du commerce triangulaire

■ Durant tout le XVIIIe siècle, le commerce triangulaire entre l'Afrique, l'Amérique et l'Europe bat son plein. Nantes et Bordeaux sont les premiers ports négriers de France. Parallèlement, les criminels sont déportés en Louisiane.

■ Les premières sociétés anti-esclavagistes voient le jour aux États-Unis, en Angleterre et en France. Les philosophes comme

Voltaire dans *Candide ou l'Optimisme* (1759) ou Montesquieu dans *De l'esprit des lois* (1748) critiquent sévèrement l'esclavage.

## 2 Les repères culturels et littéraires

### A. Découvertes et inventions scientifiques

■ De nombreuses découvertes et inventions voient le jour : le paratonnerre, le télégraphe, la montgolfière, la machine à vapeur, etc. *L'Encyclopédie* de Diderot et d'Alembert illustre ce goût pour les sciences.

■ On peut aussi retenir quelques noms de grands scientifiques : Émilie du Châtelet qui traduit les *Principia* de Newton en français, Lavoisier qui découvre la combustion par l'oxygène, Buffon qui écrit *L'Histoire naturelle* (1749-1804), le mathématicien suisse Euler, etc.

### B. Le foisonnement culturel

■ Le style rococo, héritier du baroque, se développe en architecture sous la Régence. Le peintre Fragonard (1732-1806) propose des scènes galantes dans l'esprit du libertinage. Diderot, critique d'art pour les salons, fait l'éloge des tempêtes représentées par son ami et peintre Vernet (1714-1789).

> **Émilie du Châtelet (1706-1749)**
> Cette femme de lettres p
> sicienne incarne l'esprit
> Lumières. *Le Discours sur*
> *bonheur* est écrit après
> rupture avec Voltaire, d
> elle a été la compagne.

■ La musique accueille, elle aussi, cette nouvelle sensibilité : Vivaldi et Scarlatti en Italie, Bach en Allemagne, etc. L'Autrichien Mozart propose des opéras dont la thématique n'est plus religieuse mais profane, comme *Les Noces de Figaro* (1786) ou *La Flûte enchantée* (1791).

■ En France, Rameau développe l'opéra et Couperin propose des œuvres pour clavecin. Dans le même temps, le pianoforte est conçu et la harpe à pédales, inventée en Allemagne, est introduite dans les compositions.

### C. La diffusion des idées

■ L'esprit des Lumières se développe le plus loin possible de la Cour pour mieux la critiquer. Les salons, déjà en vogue au XVIIe siècle, vivent leur âge d'or. Souvent tenus par des femmes, comme Julie de Lespinasse (1732-1776), ils favorisent les débats et les conversations.

■ Les cafés, où on boit cette « liqueur noire » (café) rapportée des Antilles, forment un autre lieu de circulation des idées.

# Le libertinage

Fiche 13

Le libertinage est un état d'esprit qui naît au XVIIe siècle et se développe au XVIIIe siècle. Le libertin remet en cause l'ordre moral et religieux et/ou s'adonne sans retenue aux plaisirs de la chair.

## 1 Qu'est-ce qu'être libertin ?

### A. Le libertinage d'esprit

■ Le libertinage d'esprit, ou libertinage érudit, est une façon de penser qui se développe au XVIIe siècle. Elle repose sur une ouverture d'esprit qui annonce le Siècle des lumières.

■ Ce libertinage est avant tout religieux puisqu'il remet en cause les dogmes de l'Église catholique. En effet, la plupart des libertins sont athées (ils ne croient pas en Dieu) et matérialistes (ils pensent que l'Univers est un assemblage de matière et d'atomes).

*Ex. :* Dans *Dom Juan* de **Molière** (1665 - III, 2), Sganarelle déclare à propos de son maître : « *Vous ne connaissez pas Monsieur, bon homme : il ne croit qu'en deux et deux sont quatre, et en quatre et quatre sont huit.* »

### B. Le libertinage de mœurs

■ Si le libertinage d'esprit est une façon de penser, le libertinage de mœurs est une façon d'agir qui repose sur la liberté sexuelle. Les plaisirs charnels sont mis en avant, et les libertins savourent tous les plaisirs de la vie.

■ La liberté bascule bien souvent du côté de la quête égoïste du plaisir et parfois de la dépravation morale.

*Ex. :* Dans *Histoire de ma vie* (1789-1798), **Casanova** raconte l'histoire de ses aventures amoureuses. Ce sont des **Mémoires**.

**Mémoires**

Lorsqu'il désigne le genre littéraire, le mot « mémoires » est toujours au masculin pluriel ! « Les Mémoires de Casanova sont très intéressants. »

### C. Qui est libertin ?

■ Le plus connu des libertins est sans doute Don Juan, personnage fictif et véritable mythe. Son nom est d'ailleurs devenu un nom commun pour désigner un séducteur. (On appelle cette figure de style une « antonomase ».)

■ Au XVIIe siècle, Molière s'inspire de l'auteur Tirso de Molina pour écrire sa pièce *Dom Juan ou le Festin de pierre* dans laquelle il pointe du doigt ce « *grand seigneur méchant homme* » qui accumule les conquêtes féminines, tout en défiant Dieu.

■ Les libertins sont souvent des esprits subversifs puisqu'ils cherchent à perturber, voire renverser, l'ordre moral, religieux ou politique établi. Sade (1740-1814), libertin ayant réellement existé, est un exemple d'esprit subversif. Il a d'ailleurs été emprisonné pour divers motifs.

■ Parmi les libertins, on retrouve également de nombreux jeunes aristocrates ou des bourgeois fortunés.

## 2 Le libertinage dans les arts

### A. La peinture libertine

■ L'austérité du règne de Louis XIV prend fin avec sa mort. La Régence laisse souffler un vent de liberté. Les artistes développent alors une peinture qui illustre ce goût pour le luxe et qui dépeint les nouveaux divertissements à la Cour, notamment les fêtes galantes.

■ *Le Verrou* de Fragonard (1777) est un exemple de toile libertine : un homme, en chemise et caleçon, tient dans ses bras une femme qui semble sur le point de s'offrir. Un lit à baldaquin est ouvert derrière eux. L'homme tire un verrou pour éviter à quelque curieux d'assister à la scène. Seul le spectateur demeure en position de voyeur.

### B. Les romans libertins

■ Le roman libertin est en vogue au XVIIIe siècle. *Manon Lescaut* (1731) de l'abbé Prévost en est un exemple. Il narre l'histoire du chevalier Des Grieux, entraîné par Manon dans une vie de débauche. Le livre, jugé scandaleux, a été condamné à être brûlé, forçant l'auteur à en proposer une nouvelle édition. Pourtant, l'abbé Prévost affirme avoir écrit cette œuvre justement pour dénoncer les pratiques libertines.

■ Crébillon fils est un autre auteur de romans libertins. Dans *Les Égarements du cœur et de l'esprit* (1736), il fait le récit des aventures amoureuses de M. de Meilcour. Ce roman, écrit à la première personne, prend la forme de Mémoires fictifs.

■ *Les Liaisons dangereuses* de Laclos (1782) est un **roman épistolaire**, qui retrace les manipulations cyniques de Madame de Merteuil et du vicomte de Valmont. Les deux libertins mettent toute leur intelligence au service de la tromperie, afin d'assouvir leurs envies et d'asseoir leur domination sur les autres.

**Roman épistolaire**
Roman constitué de lettr[es]. Lorsqu'il est écrit par [un] seul personnage, on parle [de] « monodie » ; lorsque pl[u]sieurs personnages écrive[nt], on parle de « polyphonie ».

# Les Lumières

Fiche 14

Les « Lumières » est un mouvement intellectuel et culturel européen. Ses membres luttent contre l'ignorance et œuvrent au progrès du monde.

## 1 Un mouvement philosophique et littéraire

### A. Les origines

- Le « Siècle des lumières » commence à la mort de Louis XIV et se termine symboliquement à la Révolution française, en 1789.
- C'est un mouvement européen qui touche l'Allemagne, l'Angleterre, l'Italie, la Hollande et la France. Il trouve ses origines au XVIIe siècle, notamment chez Descartes qui plaçait la raison au centre de sa pensée.

### B. La métaphore de la lumière

Les philosophes choisissent la métaphore de la lumière pour se désigner : éclairés par leur raison, ils partent en quête de la vérité et luttent contre l'obscurantisme grâce à leur esprit critique.

**Obscurantisme**
Attitude d'opposition à la diffusion du savoir et au progrès, notamment scientifique. Synonyme d'ignorance, de bêtise.

### C. *L'Encyclopédie* : une œuvre emblématique

- *L'Encyclopédie*, rédigée sous la direction de Diderot et d'Alembert, se présente comme un *Dictionnaire raisonné des sciences, des arts et des métiers*. C'est une compilation de savoirs par laquelle les auteurs font passer de nombreux messages.
- Cette œuvre majeure a nécessité le travail de plusieurs dizaines de collaborateurs, entre 1751 et 1772. Elle comprend : 17 volumes de textes ; 11 volumes de planches illustrées ; plus de 70 000 articles !

## 2 Les valeurs philosophiques

### A. Les idéaux

- Les philosophes des Lumières croient en l'homme et défendent les valeurs de liberté, d'égalité et de fraternité qui seront reprises par la devise républicaine. Ils ont foi dans le progrès et recherchent le bonheur.

■ Certains, comme **Voltaire**, pensent que le bonheur se trouve en société ; d'autres, à l'image de Rousseau, pensent qu'il se situe dans la nature, loin de la civilisation. Diderot reprend la devise du philosophe Kant : « *Ose penser par toi-même !* »

**Voltaire (1694-1778)**

Ce philosophe des Lumières écrit de nombreux contes philosophiques. Il combat le fanatisme religieux, l'intolérance et invite son lecteur à penser par lui-même.

### B. Les combats

■ Les philosophes des Lumières mènent de nombreux combats idéologiques. Ils luttent :

– contre l'esclavage ;

*Ex.* : **Montesquieu** le fustige dans *De l'esprit des lois* (1748).

– contre le fanatisme religieux ;

*Ex.* : **Voltaire** le condamne dans *L'Ingénu* (1767).

– pour défendre la cause des femmes ;

*Ex.* : **Olympe de Gouges** écrit *La Déclaration des droits de la femme et de la citoyenne* (1791).

– contre les privilèges de naissance.

*Ex.* : **Beaumarchais** les décrie dans le très célèbre – et très long ! – monologue de Figaro (*Le Mariage de Figaro*, V, 3, 1784).

## 3 Les formes privilégiées en littérature

### A. Les genres à visée argumentative

■ Les écrivains des Lumières se tournent volontiers vers les genres de l'argumentation, en particulier le conte philosophique, pour défendre leurs idées.

*Ex.* : *L'Histoire d'un bon bramin* de **Voltaire** (1761) pose la question suivante : est-il préférable d'être savant mais malheureux, ou bien heureux mais idiot ?

■ Le dialogue d'idées, le pamphlet, le journal et les lettres sont également des genres prisés.

### B. L'avènement de l'individu

La fin du XVIII<sup>e</sup> siècle voit émerger un genre nouveau : l'autobiographie. « *Je forme une entreprise qui n'eut jamais d'exemple et dont l'exécution n'aura point d'imitateur* », écrit ainsi Rousseau au début de ses *Confessions*, soulignant le caractère inédit de sa démarche.

# Panorama du XIXe siècle

Fiche 15

Le XIXe est le siècle du peuple, à la fois révolté, asservi par l'industrialisation croissante et célébré par l'art, notamment le roman.

## 1 Les repères historiques

### A. Le siècle des révolutions

- 1804-1814 : Napoléon cherche à étendre le pouvoir de l'Empire à toute l'Europe. Il mène des réformes comme la création du Code civil.
- 1814-1830 : c'est la Restauration, Louis XVIII met en place une monarchie constitutionnelle. À sa mort, en 1824, Charles X monte sur le trône. Mais son règne est autoritaire et liberticide, si bien que les Parisiens se révoltent en juillet 1830 et qu'il doit s'exiler.
- 1830-1848 : la monarchie de Juillet de Louis-Philippe d'Orléans est constitutionnelle et laisse leur place aux républicains. L'économie française moderne se met en place, mais le pouvoir ne tient pas compte de la montée de la pauvreté, et le chef du gouvernement, François Guizot, mène une politique de plus en plus conservatrice. En février 1848, les Parisiens se soulèvent à nouveau.
- 1848-1852 : la IIe République est un tournant. Les Français « inventent » le suffrage universel et inspirent des révolutions en Italie, en Allemagne et dans les pays slaves. C'est une démocratie libérale et parlementaire, mais la France rurale prend peur et élit le conservateur Louis-Napoléon Bonaparte (neveu de Napoléon) comme président de la République. Le 2 décembre 1851, il fait un coup d'État.
- 1852-1870 : le Second Empire garde un système parlementaire dans la continuité de la République mais sous forme de régime autoritaire. L'Empire installe les structures modernes du capitalisme financier et industriel et s'étend *via* la colonisation. Les fortes inégalités sociales et la guerre franco-prussienne obligent finalement Napoléon III à capituler.
- À partir de 1870 : la IIIe République s'installe difficilement, entre la guerre avec la Prusse, la Commune de Paris (révolution parisienne de 1871) et la lutte contre les monarchistes. Entre 1879 et 1885 les républicains instaurent les bases de notre modèle de démocratie.

**À savoir**

La scolarisation massive commence au milieu du XIXe siècle, mais ce sont les lois Jules Ferry (1881-1882) qui rendent l'école publique, gratuite et obligatoire.

### B. Le siècle du progrès

■ Le XIXe est aussi le siècle de la révolution industrielle qui entraîne une modernisation dans tous les domaines : médecine, transports, presse, mécanique, usines, etc.

■ Le peuple quitte les campagnes (exode rural) pour aller travailler dans les usines de villes qui ne cessent de s'étendre. C'est la naissance de la classe ouvrière (exploitée et vivant souvent dans la misère) et des luttes sociales avec la mise en place des bases du droit du travail.

## 2 Les repères culturels et littéraires

### A. La place de l'art

■ Le XIXe siècle est un grand bouillonnement artistique et littéraire qui voit se succéder nombre de mouvements : romantisme, réalisme, naturalisme, symbolisme, etc., ainsi que l'invention de la photographie.

■ Les artistes s'intéressent au peuple et l'intègrent dans leurs œuvres, même si cette démarche est tout d'abord mal perçue. Ils s'interrogent également sur leur place dans la société : faut-il s'engager politiquement comme Lamartine, Zola et Hugo, ou bien rester à l'écart des préoccupations contemporaines ?

### B. Victor Hugo (1802-1885)

■ Victor Hugo a traversé le XIXe siècle. C'est un touche-à-tout en matière de genres : il a écrit des romans (*Notre-Dame de Paris, Les Misérables, Quatrevingt-Treize*), de la poésie romantique, lyrique, orientaliste, épique ou engagée (*Les Châtiments*), du théâtre (*Hernani*), des discours politiques, des œuvres théoriques, mais il a aussi peint et dessiné.

■ Son engagement politique commence tôt : monarchiste dans sa jeunesse, il devient, ensuite, un républicain convaincu. Député de Paris en 1848, il prononce des discours contre la misère et en faveur de lois sociales. Chef de file de l'opposition à Napoléon III, il s'exile à Guernesey pendant tout le Second Empire.

**Œuvre-clé**

*Les Misérables* (1862)
Ce récit suit l'ancien bagnard Jean Valjean, autour duquel gravitent des personnages devenus célèbres (Javert, Cosette, etc.). Hugo se met du côté du peuple, victime d'une injuste misère.

# Le romantisme

Fiche 16

Le romantisme est un mouvement littéraire et artistique né en Allemagne et en Angleterre. Il couvre la première moitié du XIXe siècle.

## 1 Caractéristiques

### A. Le contexte

■ L'apparition du romantisme s'explique par la Révolution de 1789 qui bouscule l'ancien ordre du monde et fait rêver de liberté, avant de décevoir avec la période napoléonienne et la Restauration.

■ Dès 1802, Chateaubriand écrit *René* et évoque le « *vague à l'âme* » de l'individu qui ne trouve pas sa place dans un monde corrompu et désenchanté. Dans *La Confession d'un enfant du siècle*, Musset explique le « mal du siècle » qui atteint sa génération sacrifiée et désespérée.

***Ex.*** *: « [...] derrière eux, un passé à jamais détruit, s'agitant encore sur ses ruines [...] ; devant eux, l'aurore d'un immense horizon [...] ; et entre ces deux mondes [...] une mer houleuse et pleine de naufrages. »*

**Musset**, *La Confession d'un enfant du siècle*, 1836.

■ Le 25 février 1830, Hugo fait jouer *Hernani,* une pièce de théâtre. Les partisans du classicisme huent et sifflent la représentation face aux romantiques qui veulent révolutionner le théâtre.

### B. Les grands thèmes

■ Le romantisme est marqué par un double mouvement :

– le repli sur soi avec la célébration des sentiments, de la sensibilité et des passions exacerbées (amour, solitude, mélancolie, etc.) ;

– l'engagement social avec la révolte contre les injustices, l'exaltation de la jeunesse et de la liberté, la recherche d'un idéal, etc.

■ D'autres thèmes sont présents : la valorisation de l'imagination, le refuge dans la nature, ainsi que l'exotisme et le passé.

**Œuvre-clé**

***Les Méditations poétiques* (1820)**

Dans ce recueil, Lamartine, alors éloigné de son amante, dépeint son chagrin. L'expression de ses sentiments se mêle à l'évocation de la nature.

### C. Musique et peinture romantiques

■ Les peintres romantiques représentent le bassin méditerranéen (orientalisme), les luttes sociales et révolutionnaires, mais aussi le fantastique et la solitude de l'homme face à la puissance de la nature. Eugène Delacroix (1798-1863), en France, ou William Turner (1775-1851), en Angleterre, en sont les représentants.

■ Les musiciens romantiques cherchent à susciter l'émotion et à rendre compte des bouleversements de l'âme. Chopin, Liszt, Schumann et Brahms sont les grands compositeurs romantiques.

## 2 Le romantisme en littérature

### A. La poésie romantique

■ Les *Méditations poétiques* de Lamartine marquent le début de la poésie romantique. Grâce à la tonalité lyrique, le poète entend approcher une nouvelle spiritualité. À ses côtés, on trouve Nerval, Musset ou Vigny.

■ La poésie est aussi utilisée comme arme politique. *Les Châtiments* (1853) d'Hugo sont une critique de Napoléon III.

■ Aloysius Bertrand invente le poème en prose avec son recueil *Gaspard de la nuit* (1842), inspiré par les thématiques médiévales, le gothique et les légendes.

### B. Le drame romantique

■ Le drame romantique refuse les règles du théâtre classique. Il veut représenter l'homme et le monde dans leur totalité, en mélangeant éléments comiques et tragiques aux registres de langue.

■ L'intrigue est historique, et non antique, mais fait écho au présent par ses thèmes politiques et/ou sociaux. Le héros romantique est un idéaliste révolté qui s'oppose à la société et au pouvoir.

**Œuvre-clé**

***Lorenzaccio* (1834)**

Cette pièce de Musset, situ
en 1537, sert à commenter
révolution manquée de 18
et la jeunesse romantiq
désabusée, incarnée p
Lorenzaccio.

### C. Le roman romantique

■ Le roman romantique est d'abord historique, à cause de l'influence de l'Écossais Walter Scott (*Ivanhoé*, 1819) et du goût pour l'exotisme (y compris temporel).

■ Par ailleurs, le fantastique est convoqué dans des récits qui se réfèrent au Diable, aux mystères, aux malédictions, comme dans les nouvelles et contes fantastiques de Gautier ou Mérimée.

■ Le roman romantique est aussi d'inspiration autobiographique, mettant en scène un personnage qui rappelle l'auteur. L'un des romans phares du XIXe siècle est *Adolphe* de Benjamin Constant (1816).

# Le réalisme et le naturalisme

Fiche 17

Le réalisme et le naturalisme naissent au XIXe siècle et sont d'abord critiqués pour leur recherche du « vrai » au détriment de la beauté.

## 1 Origines et principes

### A. Le réalisme

■ Le réalisme apparaît à la fin des années 1820 et s'oppose à l'idéalisme du romantisme en voulant reproduire fidèlement le réel, sans chercher à l'embellir ou à donner une morale. Il est littéraire (Balzac) et artistique : le peintre Courbet construit un « Pavillon du réalisme » en 1855 pour y exposer les œuvres refusées par l'académisme. Car le réalisme est d'abord associé au banal et donc à la laideur.

■ Après 1789, puis avec la révolution industrielle et l'exode rural, les romans font peu à peu une place de choix au peuple et à ses lieux (usines, petites villes et campagnes).

■ Le romancier réaliste est un observateur qui « *promène* [un miroir] *sur une grande route* » (Stendhal) : il dépeint toutes les classes sociales en s'attachant au quotidien, sans craindre de décrire ce que la bienséance passait jusque-là sous silence. C'est une approche documentaire.

### B. Le naturalisme

■ Le naturalisme apparaît dans la seconde moitié du XIXe siècle en prolongement du réalisme, avec lequel il partage la volonté de « faire vrai » et de s'intéresser au quotidien, à toutes les strates de la société, en insistant cependant davantage sur la pauvreté et les problématiques sociales : alcoolisme, violences, luttes, etc. On reproche alors souvent aux naturalistes d'être obscènes.

■ Le naturalisme est influencé par les théories scientifiques : la médecine, le déterminisme de son milieu social, l'hérédité. Zola, chef de file du naturalisme, met ces théories à l'œuvre dans son cycle des *Rougon-Macquart, histoire naturelle et sociale d'une famille sous le Second Empire* qui suit une famille et ses descendants sur 20 romans.

**Émile Zola (1840-1902)**

Auteur d'une fresque romanesque majeure, Zola est aussi connu pour son article « J'accuse... ! » dans lequel il défend le capitaine Dreyfus, accusé à tort d'espionnage.

## 2 L'écriture réaliste et naturaliste

### A. « Faire vrai » : l'illusion réaliste

■ Pour servir son intention réaliste, l'auteur cherche à donner l'illusion de la neutralité. Maupassant veut être un « *illusionniste de talent* » (préface de *Pierre et Jean*), mais un roman est forcément un point de vue, une recomposition de la réalité. Le romancier use donc des mêmes procédés littéraires que les autres écrivains (figures de style, tonalités variées, etc.).

■ De plus, les romans de l'époque étaient souvent publiés dans la presse sous forme de feuilletons et suivis avec avidité par les lecteurs. Il fallait donc ménager du suspense, créer des moments de tension. Exactement comme le font nos épisodes de séries télévisées aujourd'hui !

### B. La description et les personnages

■ La description – de lieux, d'objets ou de personnages – est un incontournable du réalisme et du naturalisme qui contribue à donner l'illusion du réel. Elle est souvent minutieuse, avec un vocabulaire précis, ce qui lui donne une valeur documentaire. Cependant, une description n'est pas une photographie brute et le romancier la compose en fonction de ses intentions. Elle a donc souvent un rôle symbolique, comme chez **Balzac** où la description du personnage sert à révéler sa psychologie.

**Honoré de Balzac (1799-1850)**

Avec plus d'une centaine d'œuvres, dont 96 pour le cycle de la *Comédie humaine*, Balzac est le modèle de l'écrivain réaliste.

*Ex. :* On trouve, au début du *Père Goriot* (1834-1835), la célèbre description de la pension Vauquer. **Balzac** fait correspondre le lieu à la gérante, Madame Vauquer : « *toute sa personne explique la pension, comme la pension implique sa personne* ».

■ Le personnage réaliste sert à représenter son groupe social ; c'est ce qu'on appelle un « type ». Il n'est pas un héros au sens de modèle à suivre ou d'être aux qualités surhumaines : il est ordinaire et a des défauts.

*Ex. :* « *En dressant l'inventaire des vices et des vertus, en rassemblant les principaux faits des passions, en peignant les caractères, en choisissant les événements principaux de la Société, en composant des types par la réunion des traits de plusieurs caractères homogènes, peut-être pouvais-je arriver à écrire l'histoire oubliée par tant d'historiens, celle des mœurs.* »

**Balzac**, *La Comédie humaine*, avant-propos.

# La poésie après 1850



Après 1850, on parle de « poésie moderne », mais cette expression recouvre en fait plusieurs courants qui s'opposent au romantisme.

## 1 Le Parnasse

### A. Les origines

■ D'après la mythologie antique, le Parnasse est la montagne grecque sur laquelle se réunissaient les Muses.

■ Entre 1850 et 1875, certains poètes refusent le romantisme et ses passions poétiques. Ils souhaitent que la poésie soit au service de la beauté avant tout, c'est ce qu'on appelle « l'art pour l'art ».

■ Deux poètes représentent les parnassiens : Leconte de Lisle (1818-1894) et Théophile Gautier (1811-1872) avec son recueil *Émaux et Camées* (1852). Le Parnasse compte une centaine d'autres membres dont Baudelaire, Verlaine et Mallarmé, qui sera symboliste par la suite.

**Charles Leconte de Lisle (1818-1894)**

Ses *Poèmes antiques* sont inspirés de la mythologie gréco-romaine, et ses *Poèmes barbares* s'intéressent à l'histoire des autres civilisations.

**Ex. :** *« Il n'y a vraiment de beau que ce qui ne sert à rien ; tout ce qui est utile est laid, car c'est l'expression de quelque besoin et ceux de l'homme sont ignobles et dégoûtants, comme sa pauvre et infirme nature. »*

**Gautier**, *Mademoiselle de Maupin*, préface, 1835.

### B. Les grands principes

■ Les parnassiens ont une conception de la poésie qui s'oppose à celle des romantiques :

– ils refusent le lyrisme, l'expression des sentiments et des passions ;

– ils refusent que l'art soit au service d'une cause ou d'un engagement. S'ils évoquent l'histoire, ce n'est pas pour parler du présent mais avec un souci d'exactitude historique ;

– ils cultivent l'esthétisme : leurs poèmes sont ciselés comme un travail d'orfèvrerie (les émaux et les camées sont des bijoux !), et ils recherchent une poésie parfaite et brillante. Ils n'hésitent pas à reprendre les formes classiques : ballade, rondeau, etc.

## 2 La poésie fin de siècle

### A. Le symbolisme

■ En réaction au réalisme, au naturalisme et à leur démarche scientifique et documentaire, les symbolistes sont convaincus que le réel n'est qu'une illusion, un secret à percer, et que c'est l'art qui leur permettra de décoder le monde.

■ Grâce aux symboles, aux analogies, à la suggestion ou à l'énigme, le langage permet d'atteindre une dimension supérieure, un monde secret. Les symbolistes comme Mallarmé (1842-1898) ont été influencés par exemple par le poème « Correspondances » de Baudelaire qui joue sur la **synesthésie** et multiplie les comparaisons.

**Ex. :** *« Comme de longs échos qui de loin se confondent*
*Dans une ténébreuse et profonde unité,*
*Vaste comme la nuit et comme la clarté,*
*Les parfums, les couleurs et les sons se répondent.*
*Il est des parfums frais comme des chairs d'enfants,*
*Doux comme les hautbois, verts comme les prairies […] »*

**Baudelaire**, « Correspondances », *Les Fleurs du Mal*, 1857.

■ Pour les symbolistes, le poète est le seul à avoir accès à ce monde inconnu dont il peut percer le secret en utilisant des formes poétiques nouvelles (poème en prose ou vers libres). Il est un *« alchimiste du verbe »* (Rimbaud).

**Synesthésie**
Au départ, c'est un phénomène neurologique qui consiste à associer deux sens ou plus. En littérature, le mot désigne l'alliance de plusieurs perceptions sensorielles.

### B. Les poètes maudits

■ En 1884, Verlaine écrit *Les Poètes maudits*, dont les chapitres sont consacrés à Tristan Corbière, Arthur Rimbaud, Stéphane Mallarmé, Auguste de Villiers de L'Isle-Adam, Marceline Desbordes-Valmore et Pauvre Lelian (l'anagramme de Paul Verlaine).

■ Le poète maudit est un marginal rejeté par une société qui ne le comprend pas et ne reconnaît pas son génie. Il trouve refuge dans les addictions (drogues, alcool).

■ Aujourd'hui, l'expression « poète maudit » est utilisée pour désigner bien d'autres artistes que ceux auxquels Verlaine a consacré son livre.

# Panorama du XX$^e$ siècle

**Fiche 19**

Historiquement, le XX$^e$ siècle est marqué par plusieurs crises : Première et Seconde guerres mondiales, décolonisation, « guerre froide », etc. Culturellement, c'est l'époque du brouillage des frontières entre tous les genres et tous les arts. Le récit de fiction, sous tous ses aspects, devient la forme prédominante en littérature.

## 1 De 1900 à 1918

### A. Arts visuels, musique et débuts du cinéma

■ Au début du siècle, les artistes sont en quête de liberté formelle et rejettent l'académisme. C'est la naissance de l'art abstrait, du fauvisme, du cubisme, portés en peinture par Picasso (1881-1973) ou Braque (1882-1963). L'art se mélange également à la publicité : par exemple, avec Mucha (1860-1939).

■ La Belle Époque voit le développement des cafés-concerts et de la chanson française. En musique classique, les compositeurs cherchent à s'affranchir du classicisme, tel Erik Satie qui compose des œuvres aux titres qui font scandale (*Embryons desséchés*, 1913).

■ Le cinéma naît à la charnière du XIX$^e$ et du XX$^e$ siècle. Méliès réalise des centaines de courts-métrages dont *Le Voyage dans la Lune* (1902).

### B. Une littérature qui s'affranchit des codes

■ Les récits sont marqués par le régionalisme *(Le Grand Meaulnes, La Guerre des boutons)* et par la grande œuvre de Marcel Proust, *À la recherche du temps perdu*, publiée à partir de 1913.

■ En poésie, les auteurs du début du siècle se tournent vers la modernité des formes (calligrammes, suppression de la ponctuation, etc.) et des sujets (objets du quotidien), avec Apollinaire et Cendrars. Le surréalisme, mené par Breton, prend son élan avec l'expérience de la guerre.

> **Œuvre-clé**
>
> *À la recherche du temps perdu* (1913-1927)
>
> Composée de 7 tomes, cette œuvre écrite à la première personne est semi-autobiographique. Le narrateur proustien y découvre la puissance du souvenir.

## 2 De 1918 à 1945

### A. Poésie et récit se politisent

■ Après les horreurs de 1914-1918, la littérature devient l'occasion de critiquer les absurdités de la guerre (*Voyage au bout de la nuit* de Céline, 1932), d'interroger l'engagement politique (Malraux), les valeurs humanistes (Saint-Exupéry) et le sens de la vie (*La Nausée* de Sartre, 1938). Entre 1939 et 1945, les poètes et écrivains surréalistes entrent en résistance et leur production reflète cet engagement (Aragon, Eluard, Desnos, etc.).

■ Les innovations formelles s'amorcent avec Breton (*Nadja*, 1928), Gide (*Les Faux-Monnayeurs*, 1926) ou Camus (*L'Étranger*, 1942).

### B. Le théâtre, entre légèreté et mythes antiques

■ Le théâtre de boulevard connaît un succès phénoménal. Les pièces sont surtout comiques (*Knock* de Romains, 1923) et populaires (*Topaze* de Pagnol, 1928).

■ Les dramaturges redécouvrent les mythes antiques avec notamment Cocteau *(Antigone, Orphée, La Machine infernale)* et Giraudoux *(La Guerre de Troie n'aura pas lieu, Électre)*.

## 3 Après 1945

### A. Le récit traditionnel en crise

■ Le traumatisme de 1939-1945 s'exprime *via* la littérature concentrationnaire (Primo Levi, Charlotte Delbo) et chez des auteurs-philosophes comme Camus et Sartre.

■ La forme classique du récit est aussi en crise : c'est la naissance des expérimentations du Nouveau Roman (**voir fiche 21**) et des romans du « je » (autobiographies et autofictions).

■ Les auteurs, de plus en plus engagés, s'expriment en faveur de la décolonisation (Césaire) ou des droits des femmes (Beauvoir).

### B. Les autres formes de littérature

■ Au théâtre, c'est d'abord le triomphe de l'absurde qui mêle comique et tragique ; Beckett et Ionesco en sont les chefs de file. Ce sont les derniers grands dramaturges, avant que les metteurs en scène ne se mettent à dominer le genre.

**Absurde**

Le théâtre de l'absurde ren[…] en cause l'intrigue traditio[…]nelle, les personnages, même le langage, pour sou[…]gner le non-sens de l'existen[…]

■ Autrefois art majeur, la poésie contemporaine a presque disparu des librairies malgré quelques grands noms (Maulpoix, Bonnefoy, Jaccottet). La poésie chantée de Vian, Ferré ou Brassens remplace la tradition écrite.

# Le dadaïsme et le surréalisme

Fiche 20

Le surréalisme et son précurseur, le dadaïsme, sont des mouvements de rupture nés des horreurs de la Première Guerre mondiale auxquelles ont assisté les artistes.

## 1 Une révolte par l'art

### A. Le mouvement dada

■ En 1916, le poète Tristan Tzara (1896-1963) fonde le mouvement dada dont il choisit le nom en pointant un coupe-papier au hasard sur une page de dictionnaire.

■ Ce mouvement prône la révolution anarchiste, les scandales, la contestation systématique des normes et des valeurs sociales, la provocation. Il s'exprime dans la littérature et les arts plastiques (avec les collages notamment).

■ Cependant, le mouvement est trop radical pour survivre : le refus de tout sens (anti-art) ne peut pas conduire à une création pérenne. Les tensions se multiplient entre des artistes révoltés qui ne reconnaissent aucune règle, et dada disparaît en 1923.

### B. Le surréalisme

■ En 1924, André Breton (1896-1966) fonde le surréalisme dont il écrit le manifeste. À l'origine, l'adjectif « surréaliste » est un néologisme inventé par Apollinaire en 1917.

■ La naissance du surréalisme est influencée par le dadaïsme et par la révolution freudienne : la découverte de l'inconscient, les théories sur l'hypnose, l'interprétation des rêves, etc. Les surréalistes prônent la puissance de l'imagination et veulent percer les mystères du fonctionnement de la pensée et de l'inconscient.

■ Le surréalisme s'exprime en littérature, en poésie, en peinture, dans les arts plastiques, au cinéma ou en photographie. Parmi les surréalistes les plus connus, on trouve : Louis Aragon, Robert Desnos, Paul Eluard, Jacques Prévert, Luis Buñuel, Salvador Dali, Giorgio De Chirico, etc.

**Œuvre-clé**

*Nadja* (1928)

Breton raconte, dans ce roman autobiographique, la dizaine de jours passés avec Nadja, femme rencontrée par hasard. Son œuvre mêle écriture, photographies et dessins.

■ Les surréalistes veulent la révolte dans tous les domaines, y compris le langage. Petit à petit, ils se rapprochent des théories marxistes et du communisme, avec une volonté de transformer le monde. Cet engagement politique va créer des dissensions au sein du mouvement.

## 2 L'écriture surréaliste

### A. Les formes

■ Le surréalisme cherche à explorer toutes les techniques en refusant les contraintes et les règles :

– l'association d'idées, d'images et de métaphores étonnantes, par exemple en ayant recours à l'écriture automatique ;

– le mélange des genres : roman, poésie, essai, etc. ;

– la création collective : les artistes se réunissent et collaborent autour du même texte ou de la même toile (cadavres exquis picturaux ou littéraires) ;

– les arts visuels : calligrammes, collages, jeux surréalistes, etc.

**Cadavre exquis**

Jeu de papier plié qui perm de composer une phrase un dessin collectif sans q les participants sachent que les précédents joueu ont écrit ou dessiné.

### B. Les thèmes-clés

■ La révolte : les poèmes engagés de Louis Aragon.

■ L'amour fou et la femme.

*Ex.* : *L'Amour fou* est le titre d'un roman d'André Breton.

■ L'inconscient, le rêve et l'imagination.

■ Le hasard, l'insolite et le mystère.

*Ex.* : *Les Mains libres* (1937) est un recueil écrit à quatre mains qui rassemble des poèmes de **Paul Eluard** et des photographies de Man Ray. Les illustrations ne sont pas toujours en rapport direct avec les poèmes et reposent sur le hasard, laissant au lecteur le soin de relier les œuvres entre elles. Le titre du recueil symbolise la liberté de la création artistique.

■ L'humour noir.

*Ex.* : « *L'humour noir est borné par trop de choses, telles que la bêtise, l'ironie sceptique, la plaisanterie sans gravité* […]*, mais il est par excellence l'ennemi mortel de la sentimentalité à l'air perpétuellement aux abois – la sentimentalité toujours sur fond bleu.* »

**Breton**, *Anthologie de l'humour noir*, préface, 1940.

# Le Nouveau Roman

Fiche 21

Le Nouveau Roman est un mouvement littéraire né dans les années 1950-1960 qui fait entrer le roman dans une véritable crise et remet fortement en cause le roman traditionnel.

## 1 Le contexte historique et littéraire

### A. *« L'ère du soupçon »*

■ Si le XIX$^{e}$ siècle apparaît comme le grand siècle du roman, avec l'essor du réalisme et du naturalisme, le XX$^{e}$ siècle voit s'effondrer de nombreuses certitudes. Marqués par deux Guerres mondiales, les romanciers, en proie au malaise et au doute, s'interrogent sur la forme même du roman.

■ Nathalie Sarraute (1900-1999) nomme ce moment *« l'ère du soupçon »*. Plusieurs écrivains se regroupent. Presque tous sont publiés aux éditions de Minuit, qui apparaissent comme un des lieux symboliques du mouvement.

### B. Les romanciers et les théoriciens

Les auteurs du Nouveau Roman sont souvent à la fois des romanciers et des théoriciens. En effet, ils ne se contentent pas d'écrire mais ils portent aussi un regard critique sur ce qu'ils rédigent. De nombreux essais proposent alors une théorie du Nouveau Roman.

**Ex. :** *L'Ère du soupçon* (**Sarraute**, 1956), *Pour un nouveau roman* (**Robbe-Grillet**, 1963).

**Citation**

*« Le Nouveau Roman n'est pas une théorie, c'est une recherche. »*

**Robbe-Grillet.**

## 2 Pourquoi le Nouveau Roman est-il « nouveau » ?

### A. Le personnage : une notion périmée

■ Les nouveaux romanciers ont un point commun : la volonté d'en finir avec le personnage « à la Balzac », c'est-à-dire le personnage réaliste, avec un nom, une classe sociale, un destin, une description minutieuse. Les nouveaux romanciers rejettent également tout héroïsme.

**Ex. :** *« Nous en a-t-on assez parlé du "personnage" ! Et ça ne semble, hélas, pas près de finir. Cinquante années de maladie, le constat de son décès enregistré à maintes reprises par les plus sérieux analystes, rien n'a encore réussi à le faire tomber du piédestal où l'avait placé le XIX$^{e}$ siècle. C'est une momie à présent [...]. »*

**Robbe-Grillet**, *Pour un nouveau roman*, 1963.

- Les personnages sont alors souvent définis « de l'intérieur ». Le lecteur a accès au « flux de conscience », c'est-à-dire à toutes les pensées, souvent désordonnées, du personnage. Le monologue intérieur est une technique largement employée par Sarraute ou Beckett.

- Les nouveaux romanciers rejettent la toute-puissance du narrateur omniscient et préfèrent explorer les failles et les pulsions des individus.

***Ex.* :** Dans *Le Ravissement de Lol V. Stein* (1964), **Duras** nous plonge dans la folie de Lol.

- Les romanciers déconstruisent jusqu'au nom des personnages.

***Ex.* :** Dans *La Jalousie* de **Robbe-Grillet** (1957), le narrateur n'est jamais nommé, tandis que sa femme se limite à une seule initiale : *A*.

### B. La contestation du roman traditionnel balzacien

- Les auteurs refusent l'organisation chronologique traditionnelle du récit. Le but du roman n'est plus de raconter une histoire, vue de l'extérieur, mais de s'intéresser à l'intériorité des personnages. L'intrigue passe alors au second plan.

- Les nouveaux romanciers refusent également l'illusion référentielle ou « l'effet de réel » propre aux écrivains réalistes. Ils cherchent à rendre compte de l'étrangeté du monde.

### C. « L'aventure d'une écriture »

- Pour le théoricien Jean Ricardou, le roman n'est plus l'écriture d'une aventure mais « *l'aventure d'une écriture* ». Autrement dit, les romanciers ne cherchent plus à faire croire au lecteur à la véracité de ce qu'ils écrivent. Ils s'interrogent sur la forme que doit prendre le roman (construction chronologique, choix du point de vue adopté, etc.).

**Œuvre-clé**

***La Modification* (1957)**

Dans ce roman, Michel But[…] choisit d'écrire à la deuxièm[…] personne du pluriel. Le pe[…]sonnage, « *vous* », n'e[…] autre que le lecteur !

- Les romans deviennent des laboratoires d'écriture et le lecteur, souvent déstabilisé, est invité à être actif. Comme face à une énigme ou à un puzzle, c'est à lui d'assembler les pièces et de donner un sens et une forme à ce qu'il lit.

***Ex.* :** *« Ce qu'il lui demande, ce n'est plus de recevoir tout fait un monde achevé, plein, clos sur lui-même, c'est au contraire de participer à une création, d'inventer à son tour l'œuvre – et le monde – et d'apprendre ainsi à inventer sa propre vie. »*

**Robbe-Grillet,** *Pour un nouveau roman*, 1963.

# La poésie

Fiche 22

Le terme « poésie » vient du grec *poiêsis* (« création »). Le poète est un créateur dont la matière première est le langage qu'il travaille afin de le faire sonner différemment. Il crée souvent des images inédites qui rendent compte de sa sensibilité et de son rapport au monde.

## 1 À quoi sert la poésie ?

### A. Exprimer ses émotions

La poésie est souvent associée aux émotions et utilise volontiers les tonalités lyrique et élégiaque. Un poème s'inscrit toujours dans une tradition et certains thèmes, appelés *topoi*, sont repris au fil des siècles :

– le temps qui passe ou *memento mori* (« Souviens toi que tu vas mourir ») ;

– les plaisirs et la souffrance d'aimer (Louise Labé, Aragon, etc.) ;

– la description de la femme aimée, parfois sous forme de blason (célébration d'une partie du corps de la femme). Des parodies ou contre-blasons existent également.

> ***Topos***
> Motif littéraire récurrent, synonyme de « lieu commun ». Associer la rose à la femme est un *topos* poétique.

### B. Décrire le monde

■ Le poète porte un regard particulier sur le monde :

– sur la nature (poètes romantiques comme Lamartine, Vigny) ;

– sur la ville (Baudelaire et son *Spleen de Paris*) ;

– sur le voyage (« Trains en été », Anna de Noailles).

■ Le poète choisit parfois d'évoquer des réalités qui ne sont pas « poétiques », qui appartiennent au quotidien. C'est le prosaïsme.

***Ex. :*** Au XIX$^{e}$ siècle, Rimbaud compose un sonnet sur « Le Buffet ».

■ Dans le cas de la poésie engagée, la visée est argumentative et le texte permet de dénoncer.

### C. Jouer avec le langage

■ Le poète joue avec le langage. On trouve :

– des poèmes ludiques, humoristiques, qui contiennent des jeux de mots ;

– des poèmes qui jouent et questionnent le langage ;

– des poèmes qui détournent les codes.

*Ex. :* Dans « Le Grand Combat » (1927), **Michaux** décrit une bagarre en n'utilisant que des néologismes : *« Il l'emparouille et l'endosque contre terre ; / Il le rague et le roupète jusqu'à son drâle. »*

## 2 Donner à entendre

### A. Les liens avec la musique

■ La poésie entretient de nombreux liens avec la musique :

– elle était, au départ, chantée ;

– certaines de ses formes sont très musicales : le sonnet vient de l'italien *sonnetto* (« petite chanson »), la ballade est de la même famille que « bal », « baller » qui signifiait « danser » ;

– de nombreux poèmes sont mis en musique ;

– ses procédés sont identiques à ceux des chansons ou du slam.

### B. Les effets sonores

■ La versification, les rimes, le rythme des vers participent de la musicalité d'un poème.

■ Certaines figures de style reposent sur des effets sonores : l'assonance et l'allitération, l'anaphore, la répétition, etc.

*Ex. :* **Senghor**, poète sénégalais, utilise l'allitération en [f] dans le poème intitulé « Femme noire » (*Chants d'ombre*, 1945) : *« Femme nue, femme obscure / Fruit mûr à la chair ferme. »*

■ La ponctuation vient rythmer le poème. Certains poètes de la modernité l'ont enlevée pour donner plus de fluidité.

**Œuvre-clé**

***Calligrammes* (1918)**

Recueil d'Apollinaire dan lequel les mots des poèm sont disposés de façon à fo mer des dessins. Le lecteur l et voit l'image en même temp

## 3 Donner à voir

### A. Le travail de la mise en page

Les poètes sont attentifs à la mise en page des poèmes, qu'ils soient en vers ou en prose. Le blanc qu'on trouve entre chaque strophe ou autour des vers s'oppose au noir de l'écriture.

### B. Les images

■ Les poètes créent des images qui transcrivent leur façon singulière de voir le monde : métaphores, comparaisons, etc.

■ Les surréalistes veulent surprendre et rapprochent des éléments qui n'ont rien à voir entre eux.

*Ex. :* *« La Terre est bleue comme une orange. »*

**Eluard**, *L'Amour de la poésie*, 1929.

# La versification et les formes poétiques

Fiche 23

La poésie versifiée suit un ensemble de règles. Quand on étudie un poème, on observe la façon dont le poète a utilisé ces règles pour créer des effets et souligner le sens, mais aussi comment il s'en éloigne.

## 1 Les règles de la versification

### A. Les vers et le mètre

■ Un **vers** se mesure en comptant le nombre de syllabes qu'il contient. C'est ce qu'on appelle le mètre (ou type de vers).

■ Le -e final « muet » (ou atone) n'est pas compté dans deux cas :
– s'il est à la fin du vers ;
– si le mot suivant commence par une voyelle.

■ Les principaux mètres sont : le pentasyllabe (5 syllabes), l'hexasyllabe (6), l'heptasyllabe (7), l'octosyllabe (8), le décasyllabe (10) et l'alexandrin (12). L'alexandrin est séparé en deux hémistiches de six syllabes par la césure.

**Vers**
Suite de mots mesurée et cadencée selon certaines règles, et constituant une unité rythmique.

■ Dans certains vers, deux voyelles successives doivent être prononcées séparément. On appelle cela la diérèse.

*Ex. :* **Boileau**, dans *Satires* (1666), écrit cet alexandrin avec une césure après « aujourd'hui », deux -e muets et une diérèse *(inqui-ète)* : « *Je / vous / trou / v(e) au / jour / d'hui // l'â / me / tou / tin / qui / èt(e)* ».

### B. Les strophes

■ Une strophe est un ensemble de vers séparé par un « blanc ». C'est l'équivalent du paragraphe en prose.

■ Les strophes portent des noms différents selon le nombre de vers qu'elles contiennent : distique (2), tercet (3), quatrain (4), quintil (5), sizain (6), huitain (8), dizain (10).

## 2 Sonorités, formes et rythme

### A. Les rimes

- La rime est un retour d'un même son à la fin de deux vers.

- La qualité des rimes dépend du nombre de sons en commun : la rime riche en a au moins trois ; la rime suffisante en a deux ; la rime pauvre n'en a qu'une.

- La nature des rimes : les rimes sont dites féminines quand le mot est terminé par un -e muet. Toutes les autres rimes sont masculines. La poésie classique fait alterner rimes masculines et rimes féminines.

- La disposition des rimes : elles peuvent être suivies ou plates (AABB), croisées (ABAB) ou embrassées (ABBA). Quand il n'y a pas d'ordre fixe, on dit qu'elles sont mêlées.

*Ex. :* « La Cigale et la Fourmi » de **La Fontaine** a des rimes mêlées, tantôt suivies *(famine/voisine)*, tantôt embrassées *(venant/déplaise/aise/maintenant)*. Cette fable est constituée de tous les types de rimes : pauvres *(dépourvue/venue)*, suffisantes *(animal/principal)* et riches *(prêteuse/emprunteuse)*.

### B. Les formes fixes

Les formes fixes de poèmes respectent une structure définie et obéissent à des règles de disposition des rimes. Les plus connues sont :

| Le sonnet | La ballade | Le rondeau |
|---|---|---|
| 2 quatrains + 2 tercets | 3 strophes longues de même format + 1 strophe plus courte appelée « envoi » | 1 quintil + 1 tercet + 1 quintil |

### C. L'enjambement, le rejet et le contre-rejet

- L'enjambement est une unité syntaxique commencée dans un vers qui continue dans le vers suivant.

- Le rejet est un type d'enjambement où seul un mot ou un petit groupe de mots est renvoyé au vers suivant, pour être mis en relief.

- Le contre-rejet est l'inverse du rejet : un mot ou un groupe de mots commence, en fin de vers, une phrase qui sera continuée au vers suivant.

*Ex. :* *« Souvenir, souvenir, que me veux-tu ? L'automne*
*Faisait voler la grive à travers l'air atone. »*

**Verlaine**, « Nevermore », *Poèmes saturniens*, 1866.

- Depuis le romantisme, les poètes prennent des libertés. Un vers qui ne respecte aucune de ces règles est dit « libre ».

**Attention !**
Un texte poétique n'e pas forcément versif (poème en prose), et u texte versifié n'est pas fo cément un poème (théât en vers).

# Les effets sonores

Fiche 24

La poésie entretient un rapport particulier avec l'**oralité** et donne à entendre une musique : celle des mots. Mais d'autres genres peuvent être sensibles aux effets sonores qui renforcent l'**esthétique** d'un texte.

## 1 Les figures qui créent une continuité sonore

### A. L'allitération et l'assonance

■ Lorsqu'un même son-consonne est répété, on appelle cela une **allitération**. Lorsque c'est un son vocalique, on parle d'**assonance**.

■ Les allitérations et assonances créent toujours un **effet d'insistance** qu'il s'agit d'interpréter en fonction du contexte.

**Attention !**
Pour distinguer les deux figures, retenez qu'« allitération » se termine par une consonne et « assonance » par une voyelle.

**Ex. :** « *Pour qui **s**ont **c**es **s**erpents qui **s**ifflent **s**ur vos têtes ?* »

**Racine**, *Andromaque*, V, 5, 1668.

Cette allitération en [s] repose sur une harmonie imitative car elle donne à entendre le sifflement des serpents.

### B. La paronomase

■ La paronomase est une figure qui joue sur la **proximité sonore** entre deux mots qu'on appelle des **paronymes**. Les sonorités proches permettent d'associer les deux mots.

**Ex. :** « *Il pleure dans mon cœur comme il pleut sur la ville.* »

**Verlaine**, « Il pleure dans mon cœur », *Romances sans paroles*, 1874.

L'association entre le mauvais temps et l'état émotionnel est, ici, marquée par la comparaison et renforcée par la paronomase.

■ La paronomase permet aussi d'**associer des thématiques**.

**Ex. :** « *Et la mer et l'amour ont l'amer pour partage,*
*Et la mer est amère, et l'amour est amer,*
*L'on s'abîme en l'amour aussi bien qu'en la mer,*
*Car la mer et l'amour ne sont point sans orage.* »

**Marbeuf**, « Et la mer et l'amour », *Recueil des vers*, 1628.

Le poète associe, ici, trois thématiques : l'amour, la mer et les dangers.

■ Parfois, la paronomase repose sur l'implicite puisqu'un seul des deux mots rapprochés est exprimé.

**Ex. :** *« Qu'ils aillent offrir au champ d'horreur / Leurs vingt ans qui n'avaient pu naître ».*

**Jacques Brel**, « Jaurès », *Les Marquises*, 1977.

L'attendu « *honneur* » est remplacé par « *horreur* » pour renforcer la critique de la guerre.

## 2 Les figures de répétition

### A. La répétition et le polyptote

■ La répétition : un même mot est repris à l'identique.

■ Le polyptote : un mot est repris, mais il subit des variations morphologiques (changement de personne, de temps).

**Ex. :** *« Ah ! comme la neige a neigé ! »*

**Émile Nelligan**, « Soir d'hiver », *Poésies complètes (1896-1941)*, 1991.

### B. L'anaphore et l'épiphore

■ L'anaphore : répétition d'un mot ou d'un groupe de mots au début d'un groupe syntaxique.

**Ex. :** *« Afrique mon Afrique*
*Afrique des fiers guerriers dans les savanes ancestrales*
*Afrique que chante ma grand-mère »*

**David Diop**, « Afrique mon Afrique », *Coups de pilon*, 1956.

■ L'épiphore : figure inverse de l'anaphore. La répétition se fait en fin de groupe syntaxique et crée un effet d'insistance.

## 3 La versification

### A. La musique des vers

■ Mettre en vers, c'est donner du rythme. Un alexandrin peut être rythmé de différentes façons, en fonction de l'emplacement des pauses en 6/6 (rythme binaire) ou en 4/4/4 (rythme ternaire), par exemple.

**Ex. :** *« J'ai disloqué / ce grand niais / d'alexandrin. »*

**Victor Hugo**, *Les Contemplations*, 1856.

### B. Les rimes

■ Les rimes participent aussi de la musicalité. Les deux mots mis à la rime entrent en résonance et peuvent être rapprochés ou mis en opposition.

# Les Contemplations, Hugo

Fiche 25

## 1 L'auteur

■ Victor Hugo (1802-1885) est né d'une mère royaliste et d'un père général d'armée de Napoléon. Très tôt, il se passionne pour la littérature et publie *Odes*, son premier recueil de poèmes, à 19 ans (1822).

■ À la même époque, il épouse Adèle Foucher avec qui il aura cinq enfants, dont Léopoldine. Mais son véritable amour sera Juliette Drouet, avec qui il entretiendra pendant plus de 50 ans une liaison.

■ Hugo est l'homme-clé du romantisme. Autour de lui se réunissent des écrivains et des artistes dans « le Cénacle ». Cet écrivain phare du XIXe siècle, touchant à tous les genres et très engagé politiquement **(voir fiche 15)**, meurt en 1885. Ses funérailles sont nationales.

## 2 L'œuvre

### A. Contexte et structure

■ Le 4 septembre 1843, Léopoldine se noie dans la Seine. Ce drame bouleverse la vie d'Hugo. Il continue à écrire, mais il ne publie rien pendant dix ans.

■ *Les Contemplations* est un recueil de 158 poèmes publié en 1856 alors qu'Hugo est en exil à Guernesey. La plupart des poèmes ont été écrits entre 1834 et 1855, mais certains sont plus anciens.

■ Le recueil se divise en deux parties : avant et après la mort de Léopoldine. Dans « Autrefois » (partie 1), le poète raconte sa jeunesse, son goût pour la nature, sa liaison heureuse avec Juliette Drouet et sa vie de famille. « Aujourd'hui » (partie 2), et surtout le livre IV *« Pauca Meæ »*, est centré sur le deuil et la souffrance.

> ***« Pauca Meæ »***
> Cette formule latine signifie « peu de choses pour la mienne », ce qui se comprend, ici, comme « ces quelques poèmes en l'honneur de ma fille ».

### B. Enjeux

■ *Les Contemplations* se présentent dès la préface comme les « Mémoires d'une âme » qui se sont imposés à Hugo comme une nécessité : « *L'auteur a laissé, pour ainsi dire, ce livre se faire en lui.* »

■ La démarche autobiographique se double d'une volonté d'universalité. Hugo cite le début d'un vers du poète latin Térence « *Homo sum* » (en entier : « *Je suis un homme et rien de ce qui est humain ne m'est étranger* »). Le poète dépasse le lyrisme de l'expression des sentiments personnels pour unir dans un même geste sa destinée et celle du lecteur qui doit reconnaître ses propres expériences et souffrances dans ces poèmes.

**À savoir**
Les livres V et VI ne s
pas au programme du b

## 3 Les « Mémoires d'une âme »

### A. Autobiographie et poésie

■ L'autobiographie est traditionnellement assignée au récit. Le grand théoricien Philippe Lejeune exclut d'ailleurs la poésie de sa définition du genre : *« récit rétrospectif en prose qu'une personne réelle fait de sa propre existence »* (*Le Pacte autobiographique*, 1975).

■ Si beaucoup de poètes disent « je » dans leurs poèmes, on ne doit pas considérer automatiquement que l'expérience est autobiographique. Il faut distinguer le « je » autobiographique du « je » lyrique, qui est *« l'expression d'un sujet singulier qui tend à métamorphoser, voire à sublimer le contenu de son expérience et de sa vie affective »*, selon le poète contemporain Jean-Michel Maulpoix (*Du lyrisme*, 2000).

### B. Différentes écritures de soi en poésie

■ Les poètes lyriques du XIXe siècle puisent dans leurs expériences personnelles pour écrire. Certains de leurs poèmes peuvent être considérés comme autobiographiques. Lamartine a ainsi publié des commentaires à ses *Méditations poétiques* en 1849, dans lesquels il recontextualise ses poèmes, comme pour « À Elvire » : *« C'étaient des vers d'amour adressés au souvenir d'une jeune fille napolitaine dont j'ai raconté la mort dans les* Confidences. *Elle s'appelait* Graziella. »

■ La poésie engagée est directement inspirée par les combats du poète dans le monde. Parfois, elle devient autobiographique comme avec *Le Roman inachevé* d'Aragon (qui est un recueil de poèmes publié en 1956).

■ La poésie explicitement autobiographique reste néanmoins très rare. On peut citer en exemple le cas de *Chêne et Chien* (1937) de Raymond Queneau qui commence ainsi : *« Je naquis au Havre un vingt et un février / En mil neuf cent et trois. »*

*À retenir !*

■ Hugo est un des rares poètes à avoir confessé une réelle démarche autobiographique dans sa poésie.

■ Son utilisation du « je » lyrique propose une poésie qui tend à l'universel : l'expérience individuelle permet l'évocation de sentiments propres à tous.

■ Chez certains auteurs du XXe siècle, néanmoins, la poésie retrace un véritable parcours de vie où le « je » est autobiographique.

# *Les Fleurs du Mal*, Baudelaire

Fiche 26

## 1 L'auteur

■ Charles Baudelaire (1821-1867) est né à Paris. Il n'a que 5 ans lorsque son père, un artiste peintre, décède. Rapidement, sa mère se remarie avec un officier de l'armée, Aupick.

■ Baudelaire obtient son baccalauréat en 1839. Sa vie est alors faite d'excès et son beau-père décide de l'envoyer à Calcutta (Inde) en 1841. Son voyage s'achève finalement sur l'île Bourbon (La Réunion) où il reste quelques mois. Cette expérience éveille chez lui un goût pour l'exotisme.

■ De retour à Paris en 1842, il tombe amoureux de Jeanne Duval. Leur liaison passionnée dure jusqu'en 1856. Baudelaire mène une existence dissolue de dandy : il accorde une grande importance à l'élégance (tenue, langage). Endetté, il devient critique d'art et journaliste. Dès 1848, il commence à traduire l'écrivain Edgar Allan Poe.

■ Rattrapé par la maladie, il meurt de la syphilis à 46 ans. On parle parfois de lui comme d'un poète maudit car son œuvre ne fut reconnue qu'après sa mort. Baudelaire est l'héritier du romantisme. On le classe souvent parmi les poètes symbolistes.

## 2 L'œuvre

### A. Contexte et structure

■ *Les Fleurs du Mal* est un recueil de poèmes versifiés publié d'abord en 1857. Dès sa sortie, l'œuvre est condamnée en justice pour immoralité, et six poèmes sont censurés. Baudelaire publie tout de même une seconde version en 1861.

> **À savoir**
> La même année, en 1857, Flaubert est aussi attaqué en justice pour *Madame Bovary* mais, contrairement à Baudelaire, il est acquitté.

■ Après un poème d'ouverture, « Au lecteur », le recueil est divisé en six sections. La deuxième section a été ajoutée en 1861 (édition enrichie). Le recueil contient alors 126 poèmes.

■ Le poète joue sur la syntaxe, réinvente des formes classiques comme le sonnet et ose mettre en poème des thématiques jusque-là exclues. Comme l'indique l'antithèse présente dans le titre du recueil, il trouve dans le « Mal » sa matière poétique première, le terreau sur lequel fleuriront les poèmes.

### B. Enjeux

- Le poète est partagé entre sa mélancolie (le *« spleen »*) et l'ambition d'atteindre un *« idéal »*, qu'il soit poétique, amoureux, esthétique.
- Il considère l'imagination comme la *« reine des facultés »*, non pas au sens de « fiction » mais au sens d'un regard singulier sur le réel lui permettant de découvrir un sens caché, une surnature.
- Baudelaire voit dans la nature des *« correspondances »* entre les différents sens : *« Les couleurs, les parfums et les sons se répondent. »*
- Le poète aborde à la fois des thématiques traditionnelles et héritées du romantisme (la femme, l'exotisme, la mort) et des thèmes modernes et inédits comme la ville, synonyme de dépravation, mais aussi source de fascination.

## 3 Alchimie poétique : la boue et l'or

### A. La beauté est dans l'acte de création

- Le terme « alchimiste » désigne une personne qui pratique l'alchimie, c'est-à-dire une science occulte qui cherche la transmutation des métaux, notamment en or.
- Ici, l'alchimie désigne le fait de transformer en poésie un matériau banal (sujet, thème, inspiration).
- Le poète est donc celui qui métamorphose la réalité ordinaire dans tout ce qu'elle a d'abject (qui inspire le dégoût), grâce à la force du langage poétique. La beauté n'est plus dans le référent mais dans l'acte de création. On parle d'autotélisme : la poésie se prend elle-même pour but.

**Citation**

*« Tu m'as donné boue et j'en ai fait de l'or »* Baudelaire, à propos de la ville de Paris dans le dernier vers de « Ébauche d'un épilogue pour la deuxième édition des Fleurs du Mal

### B. Quelques textes-clés

- Arthur Rimbaud a donné à une section de son recueil *Une saison en enfer* (1873) le titre « Alchimie du verbe ». Le poète y revient sur son expérience poétique et sur sa transformation du langage, qui rappelle les correspondances baudelairiennes.

**Ex. :** *« A noir, E blanc, I rouge, U vert, O bleu : voyelles. »*

- Comme Baudelaire, Blaise Cendrars se fera le poète de la ville, et notamment de New York, transformant le matériau urbain déprécié en beauté poétique grâce à son travail du vers libre.

*À retenir !*

- *Les Fleurs du Mal* inaugurent la modernité en poésie.
- Baudelaire impulse une nouvelle conception du beau en poésie. Ce n'est plus dans le sujet du poème qu'il réside, mais dans la création poétique elle-même.

# *Alcools*, Apollinaire

Fiche 27

## 1 L'auteur

- Wilhelm Apollinaris de Kostrowitzky, dit Guillaume Apollinaire (1880-1918), est abandonné par son père avant sa naissance. Après avoir échoué au baccalauréat (1897), il délaisse ses études et passe son temps à lire et à écrire. Il déménage à Paris en 1899.
- En 1902, il se rend une année en Rhénanie (en Allemagne) en tant que précepteur de français, et tombe amoureux d'Annie Playden, la gouvernante de la famille.
- De retour à Paris, il fréquente Picasso, Vlaminck, Derain et défend les avant-gardes artistiques. En 1907, il rencontre l'artiste peintre Marie Laurencin avec qui il entretient une relation tumultueuse jusqu'en 1912.
- En 1914, il s'engage et part au front. Il sera blessé à la tempe en 1916 par un éclat d'obus. Il meurt de la grippe espagnole à 38 ans.
- Apollinaire incarne *« l'esprit nouveau »*. Poète de la modernité, il s'affranchit des formes traditionnelles en supprimant la ponctuation, en bouleversant la syntaxe et en inventant le calligramme.

## 2 L'œuvre

### A. Contexte et résumé

- En 1913, Apollinaire rassemble 71 poèmes écrits depuis 1898, déjà publiés séparément, afin de composer le recueil initialement intitulé *Eau de vie* et qui deviendra *Alcools*.

**À savoir**

Inspiré par Cendrars, Apollinaire supprime toute marque de ponctuation lorsqu'il reprend ses poèmes pour les assembler dans le recueil *Alcools*.

- Apollinaire est influencé par le symbolisme et l'esthétique cubiste. Ses amours déçues l'inspirent également : « La Chanson du Mal-Aimé » et le cycle des « Rhénanes » font allusion à Annie Playden qui l'a rejeté, tandis que Marie Laurencin lui inspire « Le Pont Mirabeau » ou « Marie ».
- Pour constituer son recueil, Apollinaire ne respecte pas l'ordre chronologique d'écriture puisqu'il place en poème liminaire « Zone », rédigé tardivement.
- Le titre *Alcools* désigne à la fois la soif de vivre et l'ivresse poétique qui permet d'accéder à un autre monde *(« Je suis ivre d'avoir bu tout l'univers » in « Vendémiaire »)*.

### B. Enjeux

| | Tradition | Modernité |
|---|---|---|
| **Thèmes abordés** | – Reprise de *topoï* (clichés littéraires) : mélancolie, célébration de la femme, etc.<br>– Galerie de personnages médiévaux ou légendaires. | – Célébration de la ville et de la « fée Électricité ».<br>– Thème de l'errance.<br>– « Zone » s'ouvre par une apostrophe à la tour Eiffel. |
| **Techniques poétiques** | – Tonalité lyrique.<br>– Élégie (« L'Adieu »). | – Absence de ponctuation.<br>– Utilisation de vers libres.<br>– Présence de rejets et contre-rejets. |

## 3 Modernité poétique ?

### A. Tradition *versus* modernité

■ Le poète se situe souvent entre tradition et modernité. Il est l'héritier de thèmes, de formes qu'il s'approprie, réinvente ou délaisse.

■ La modernité en poésie passe par un renouvellement des thématiques (reprise des *topoï* modernisés ou choix de nouveaux matériaux poétiques) et par des innovations poétiques (prose, etc.).

**Citation**

*« À la fin tu es las de monde ancien »* : c'est ai que s'ouvre le poème lin naire « Zone ». Apollina place le recueil sous signe de la modernité.

### B. Comment être moderne ? Quelques exemples.

| | Tradition | Modernité |
|---|---|---|
| **Aloysius Bertrand, *Gaspard de la nuit* (1842)** | Atmosphère médiévale. | Invention du poème en prose. |
| **Rimbaud, *Les Cahiers de Douai* (1870)** | Reprise de la forme traditionnelle du sonnet. | Cultive le mythe de l'artiste maudit. |
| **Verlaine, *Romances sans paroles* (1874)** | Thématiques du voyage, de l'amour, de la fuite du temps. | Vers libres et vers impairs. |
| **Breton, *L'Union libre* (1931)** | Thématique de « l'amour fou ». | Techniques surréalistes (écriture automatique, etc.). |
| **Senghor, *Chants d'ombre* (1945)** | Éloge du pays natal. | Métissage culturel, poète de la négritude. |
| **Jaccottet, *L'Effraie* (1953)** | Réflexion sur le deuil, lyrisme. | Images inédites, lyrisme singulier. |

*À retenir !*

■ Un poète est toujours l'héritier d'une tradition.

■ Le poète veut être moderne pour rendre compte de sa singularité et pour décrire le monde nouveau qui l'entoure.

■ La modernité poétique se lit à la fois dans les thématiques abordées et les techniques poétiques utilisées.

# Les prolongements artistiques et culturels

Fiche 28

## 1 Les « Mémoires d'une âme »

### A. En peinture

■ Frida Kahlo (1907-1954) est une artiste peintre mexicaine qui a réalisé plus d'une centaine de tableaux dont 55 autoportraits. Sa vie fut faite de beaucoup de souffrances physiques. Elle meurt à 47 ans, officiellement d'une embolie pulmonaire et officieusement d'un suicide.

■ Ses autoportraits mis bout à bout retracent sa vie dans une démarche picturale qui rappelle certains procédés poétiques. C'est le cas avec *La Colonne brisée* (1944) qui représente le terrible corset de fer qu'elle est contrainte de porter suite à un accident.

### B. En chanson

À partir de la seconde moitié du XX^e^ siècle, la chanson a remplacé la poésie auprès du public. Le genre devient hautement littéraire dans les années 1960 avec des artistes comme Georges Brassens, Georges Moustaki ou Anne Sylvestre. Cette dernière a écrit en 2007 une chanson autobiographique, *Bye mélanco*, dans laquelle elle retrace son enfance dans un style qui rappelle le pointillisme pictural.

## 2 Alchimie poétique : la boue et l'or

### A. Un alchimiste célèbre

■ Nicolas Flamel (1330 ou 1340-1418) était un bourgeois lettré et, selon la légende, il était aussi alchimiste. On raconte, en effet, qu'il réussit à mettre au point la pierre philosophale, qui permet de transformer les métaux en or.

■ Ses travaux et sa réputation ont fait de lui un véritable mythe qui a parcouru les siècles, bien qu'il fût largement critiqué durant les Lumières qui considéraient que l'alchimie relevait de la superstition. Toutefois, l'aspect magique et mystique a inspiré certains mouvements littéraires :

– les romantiques étaient fascinés par le Moyen Âge et voyaient en Nicolas Flamel une figure maudite. Gérard de Nerval lui consacra même une pièce de théâtre éponyme en 1830 et Victor Hugo le mentionne dans *Notre-Dame de Paris* (1831) ;

– les surréalistes sont enclins à croire à la vérité de l'alchimie et autres superstitions qui permettent de dépasser le réel.

■ Nicolas Flamel est évoqué plus récemment dans la saga *Harry Potter* (1997-2007) de J.K. Rowling.

### B. En peinture

■ En 1861, Baudelaire dédie son poème « Rêve parisien » au dessinateur et peintre Constantin Guys (1802-1892). Il lui consacre même un essai élogieux : *Le Peintre de la vie moderne* (1863) car il partage avec lui cette conviction que de la modernité peut naître la beauté, à condition de savoir s'en faire l'alchimiste.

**Ex. :** *« Il s'agit, pour lui, de dégager de la mode ce qu'elle peut contenir de poétique dans l'historique, […] d'extraire la beauté mystérieuse qui y peut être contenue, si minime ou si légère qu'elle soit. »*

**Baudelaire**, *Le Peintre de la vie moderne*, 1863.

## 3 Modernité poétique ?

### A. En peinture

■ Yves Klein (1928-1962) est un peintre avant-gardiste de l'après-guerre qui invente un bleu qu'il nomme « IKB » (International Klein Blue) et qu'on retrouve dans plusieurs **monochromes**. À partir de 1958, Klein se lance dans les « anthropométries de l'époque bleue ». Il demande à des femmes, devenues « pinceaux vivants », de s'enduire de peinture et d'imprimer ensuite leur corps sur des toiles.

**Monochrome**
Tableau réalisé avec u[ne] seule couleur.

■ Toutefois, les « anthropométries » s'inscrivent dans l'histoire du nu en peinture (Vélasquez, Rembrandt, Courbet, etc.). Le choix de la couleur bleue s'ancre aussi dans un héritage : c'est le bleu du manteau de la Vierge, le bleu du manteau royal. Enfin, la technique de l'empreinte est atemporelle (grottes préhistoriques, référence au saint suaire du Christ).

### B. En sculpture

■ Ron Mueck (né en 1958) est un artiste australien contemporain. Ses sculptures gigantesques représentent le corps humain dans ses moindres détails. En 2000, son œuvre *Big Man* montre un homme assis, laissant reposer sa tête dans sa main gauche. La sculpture fait 2 mètres de haut.

■ L'artiste se situe entre tradition (il reprend la posture mélancolique de la « main sous le menton » qu'on retrouve notamment chez Albrecht Dürer (*Melancholia I*, 1514), Munch (*Melancolie III*, 1902), et modernité avec un regard ultra réaliste posé sur un corps banal et vieillissant.

# L'argumentation

Fiche 29

## 1 Qu'est-ce qu'argumenter ?

### A. Définition

■ Argumenter implique de défendre une thèse, c'est-à-dire une affirmation, une prise de position sur un thème. Les arguments sont là pour étayer – soutenir – la thèse et les exemples permettent d'illustrer le propos.

*Ex. :* **Émilie du Châtelet**, dans son *Discours sur le bonheur* (1779), reprend un thème très à la mode au XVIII$^{e}$ siècle : le bonheur. Sa thèse est que les passions permettent d'atteindre le bonheur : « *On n'est heureux que par des goûts et des passions satisfaites.* »

■ Une argumentation est toujours adressée à un destinataire : le lecteur, le spectateur, le roi, une personne en particulier, etc. Pourtant, les discours argumentatifs ont souvent une dimension universelle et s'adressent au plus grand nombre.

*Ex. :* Dans ses *Fables*, **La Fontaine** s'adresse « *À Monseigneur le Dauphin* », le fils de Louis XIV, alors âgé de sept ans. Le dauphin est le premier destinataire mais les fables touchent aussi les lecteurs adultes.

### B. L'étude de l'argumentation

■ Lire, comprendre, analyser des textes argumentatifs permet de :

– s'informer et être sensible à tous les combats d'hier et d'aujourd'hui, menés par les intellectuels qui défendent des valeurs de tolérance, d'égalité, de liberté, etc. ;

– manier soi-même l'argumentation pour s'exprimer, faire passer ses idées, transmettre publiquement un message, affirmer ses pensées ;

– distinguer les « bonnes argumentations » des mauvaises. C'est en fréquentant des textes qu'on apprend à repérer les manipulations des auteurs et à ne pas être dupe des argumentations malhonnêtes. Dans l'Antiquité grecque, les sophistes étaient des orateurs dont le but était de persuader les auditeurs de choses souvent fausses.

**Sophisme**
Raisonnement qui semble logique mais qui ne l'est pas.

### C. L'analyse d'un texte argumentatif

■ Un texte argumentatif peut être abordé sous un angle philosophique, en s'intéressant au fond, ou sous un angle plus littéraire, en observant sa forme, c'est-à-dire la façon dont il est construit.

■ Voici quelques éléments à identifier :
– le thème et la thèse ;
– le contexte (époque, mouvement) ;
– le (ou les) destinataire(s) ;
– les stratégies (convaincre, persuader, délibérer) ;
– le genre (argumentation directe ou indirecte : **voir fiche 30**) ;
– les tonalités utilisées ;
– les principaux procédés littéraires (ponctuation, champs lexicaux, pronoms personnels, etc.).

> **À savoir**
> La dissertation ou l'es sont des exercices d'arg mentation.

## 2 Les stratégies argumentatives

### A. Convaincre

Pour défendre une thèse, on peut chercher à convaincre le destinataire, en ayant recours à la raison. L'auteur utilise alors différents procédés : connecteurs logiques, arguments, exemples, oppositions, etc.

### B. Persuader

Mais, le plus souvent, un auteur cherche aussi à persuader le destinataire, en s'adressant à ses sentiments. Il utilise alors divers procédés : lexique des émotions, interpellation du destinataire, exagérations, répétitions, questions rhétoriques, ponctuation forte, ironie, etc.

### C. Délibérer

■ La délibération consiste à s'interroger et à confronter différentes prises de position.

■ Le dialogue permet d'opposer plusieurs énonciateurs qui confrontent leurs idées.

■ Au théâtre, le monologue délibératif permet au personnage en proie à un dilemme de peser le pour et le contre avant de prendre une décision.

***Ex. :*** Médée, héroïne tragique, a été trompée par Jason. Pour se venger, elle envisage de tuer les enfants qu'elle a eus avec lui. Dans la pièce de **Corneille**, elle hésite et se demande si elle doit, ou non, commettre l'infanticide, dans un monologue délibératif (V, 2).

# Argumentation directe et indirecte

Fiche 30

Les textes argumentatifs appartiennent à des genres très variés qu'on classe en deux catégories : l'argumentation directe et l'argumentation indirecte, selon si les auteurs ont, ou non, recours à la fiction.

## 1 Les genres de l'argumentation directe

L'argumentation directe consiste à défendre une thèse sans le détour de la fiction. Le destinataire sait tout de suite que le texte est argumentatif.

### A. L'essai et la lettre

- Un essai est :

– une réflexion personnelle le plus souvent écrite à la première personne. L'essayiste pèse (du latin *exagium*, « le poids »), examine une idée ;

– une forme libre qui épouse le cheminement de la pensée.

- La lettre est proche de l'essai. Réelle ou fictive, il faut toujours observer les marques de l'énonciation et repérer qui s'adresse à qui. Lorsqu'elle est diffusée dans la presse, on parle de « lettre ouverte ».

**Œuvre-clé**

**« J'accuse...! » (1898)**

Dans cette lettre ouverte adressée au président de la République, Zola prend la défense du capitaine Dreyfus, accusé, à tort, d'avoir livré des documents à l'Allemagne.

*Ex. :* Dans le roman épistolaire de **Montesquieu**, *Les Lettres persanes* (1721), Usbek et Rica échangent une correspondance dans laquelle ils portent un regard perçant (et persan !) et critique sur la société française.

### B. Le discours

Le discours est un genre oral qui développe une réflexion sur un thème en particulier, de façon très structurée. Il est hérité de la rhétorique, ou « art du discours », de l'Antiquité gréco-romaine.

### C. Les formes brèves

- Les maximes et les pensées sont des formules courtes qui énoncent une vérité générale. Étymologiquement, la *maxima sententia* est une « pensée très importante ». La maxime est courte mais donne beaucoup à penser ! Elle est souvent cinglante.

- Le pamphlet est un écrit court qui traite d'un sujet d'actualité, en utilisant le registre polémique.

## 2 Les genres de l'argumentation indirecte

L'argumentation indirecte consiste à passer par la fiction.

### A. Les apologues

■ Les apologues sont des récits brefs à visée morale qui cherchent autant à plaire qu'à instruire :

– la fable est constituée d'une narration et d'une morale, explicite quand elle est écrite noir sur blanc, implicite quand c'est au lecteur de la deviner. La plupart du temps, elle dénonce les travers humains ;

– le conte est un récit qui utilise volontiers le registre merveilleux pour délivrer une leçon. Le conte philosophique se développe au Siècle des lumières **(voir fiche 14)** pour traiter de questions morales et philosophiques.

### B. L'utopie

■ Au XVIe siècle, Thomas More forge le mot « utopie » à partir du radical grec *topos* (le « lieu ») et du préfixe négatif *u-*. Le mot signifie ainsi « en aucun lieu ». Une utopie désigne donc une société imaginaire et idéale qui permet, en creux, de critiquer la société réelle.

■ Lorsque la société imaginaire empêche ses membres d'être heureux, par exemple dans un monde totalitaire ou déshumanisé, on parle de contre-utopie ou de dystopie.

***Ex. :*** Les habitant de l'abbaye de Thélème, dans *Gargantua* (1534/35) de **Rabelais**, vivent selon la devise « *Fais ce que voudras* ». C'est une utopie.

**Œuvre-clé**

***Le Meilleur des mondes* (1932)**

Cette dystopie d'Aldous Huxley porte un titre ironique, en référence au « *meilleur des mondes possibles* » de Voltaire dans *Candide*.

### C. Les autres genres

■ L'argumentation ne se limite pas aux seuls genres proprement argumentatifs.

■ La poésie engagée cherche à défendre une cause.

***Ex. :*** Véritable poème de la résistance, « Liberté » (1942) de **Paul Eluard** a été parachuté par l'aviation anglaise en milliers d'exemplaires sur la France occupée.

■ Les pièces de théâtre peuvent avoir une portée critique.

***Ex. :*** Dans *Le Mariage de Figaro* de **Beaumarchais**, Marceline dénonce le fait que les femmes soient « *traitées en mineures pour* [leurs] *biens, traitées en majeures pour* [leurs] *fautes* » (III, 16).

■ Dans un roman, une description ou un personnage peut faire passer un message.

***Ex. :*** **Hugo** dénonce la misère grâce au personnage de Fantine dans *Les Misérables* (1862).

# Les types de raisonnements et les connecteurs logiques

Fiche 31

## 1 Les types de raisonnements

Pour défendre une thèse, un auteur construit un raisonnement que le lecteur identifie afin d'évaluer sa qualité.

### A. Déductif

On part d'une loi générale pour en tirer une conclusion particulière. On passe du général au particulier ; des principes aux conséquences ; de la cause aux effets. Le syllogisme, par exemple, est un raisonnement déductif.

**Syllogisme**

Il se résume en logique par : A = B, or B = C, donc A = C.

### B. Inductif

On part du particulier, d'un fait observé, pour en déduire une loi générale. On passe du particulier au général ; des conséquences aux principes ; des effets à la cause.

***Ex. :*** « Le Corbeau et le Renard » de **La Fontaine** repose sur l'induction. Le renard flatte un corbeau pour s'emparer de son fromage. La morale tire une loi générale de l'anecdote : « *Apprenez que tout flatteur / Vit aux dépens de celui qui l'écoute.* »

### C. Par concession

On commence par admettre l'idée opposée pour mieux affirmer, ensuite, son point de vue. Ce raisonnement s'articule souvent autour des connecteurs « certes » et « mais ».

### D. Par l'absurde

Le raisonnement par l'absurde consiste à détruire la thèse adverse en montrant toutes les conséquences absurdes de celle-ci pour, finalement, défendre sa propre thèse.

***Ex. :*** « *Si j'avais à soutenir le droit que nous avons eu de rendre les nègres esclaves, voici ce que je dirais* » : c'est ainsi que commence « De l'esclavage des nègres » écrit par **Montesquieu** en 1748. Le philosophe reprend les arguments des esclavagistes pour mieux dénoncer leur absurdité.

### E. Par analogie ou par opposition

■ Par l'analogie, on compare la situation dans un domaine avec la situation dans un autre. En logique : C est à D ce que A est à B.

*Ex.* : « *L'homme d'État regrette les hommes destinés à la guerre comme un propriétaire regrette la terre employée à former le fossé qui est nécessaire pour conserver le champ.* »

**Quesnay**, « Grains », *L'Encyclopédie* de Diderot et d'Alembert, t. VII, 1769.

■ Par l'opposition, on compare deux situations mais pour en faire ressortir les oppositions.

## 2 Les connecteurs logiques

Ce sont des mots ou groupes de mots qui articulent des idées entre elles et permettent l'enchaînement logique des arguments.

| | | Liste de connecteurs | | | |
|---|---|---|---|---|---|
| | | **Conjonctions de coordination** | **Conjonctions de subordination** | **Prépositions et locutions préposition-nelles** | **Adverbes et locutions adverbiales** |
| **Types de liens logiques** | **Addition** | et | | | puis, de plus, par ailleurs, etc. |
| | **Opposition** | mais, or | alors que, même si, tandis que | en dépit de, au contraire de, au lieu de, malgré | néanmoins, pourtant, cependant, etc. |
| | **Concession** | | bien que, quoique, etc. | | certes |
| | **Cause** | car | comme, puisque, parce que, etc. | à cause de, en raison de, grâce à, etc. | en effet, effectivement |
| | **Conséquence** | donc | de sorte que, si bien que | jusqu'à, de manière à | aussi, ainsi |

# *Gargantua*, Rabelais

Fiche 32

## 1 L'auteur

■ François Rabelais est né en 1483 ou en 1494 en Touraine. Fils d'avocat, il fait des études de droit avant d'entrer dans les ordres en 1510.

■ Rabelais quitte la vie monastique et s'installe comme médecin en 1532 à Lyon où il évolue dans les cercles humanistes. La même année, il publie ses deux premières œuvres sous le pseudonyme anagrammatique d'Alcofribas Nasier. À cause de ses idées religieuses réformatrices, il est menacé lors de l'« affaire des Placards » en 1535 et fuit à Rome. Le pape Paul III l'autorise à exercer la médecine et l'absout du crime d'apostasie.

■ Rabelais enseigne l'anatomie et pratique les dissections, formellement interdites par l'Église. Il s'implique politiquement et continue à écrire malgré la censure catholique et royale. Il obtient une place de curé près du Mans où il meurt en 1553.

**Apostasie**
Le fait de renoncer publiquement à sa religion. À l'époque de Rabelais, c'est aussi le fait de renoncer à la vie religieuse sans y avoir été autorisé.

## 2 L'œuvre

### A. Contexte et résumé

■ *Gargantua* est publié en 1534/35, presque trois ans après *Pantagruel*. Les intellectuels désapprouvent le rire grossier et démesuré de Rabelais et ne reconnaissent pas le sérieux implicite de l'œuvre.

■ En 1543, la Sorbonne condamne publiquement *Pantagruel* et *Gargantua* et le Parlement les censure. Le *Tiers Livre* sera aussi censuré en 1546. Avec le *Quart Livre* (1552) et le *Cinquième Livre* (publication posthume), ces œuvres forment un cycle romanesque avec des personnages récurrents.

■ Le récit de *Gargantua* suit un ordre chronologique, de la naissance du héros, à la fondation de l'abbaye de Thélème.

### B. Enjeux

■ Rabelais s'inspire de la littérature du Moyen Âge. La satire, le grotesque et l'outrance rappellent les fabliaux, les farces de foire et le carnaval ; la structure du récit fait écho aux épopées et certains motifs rappellent les romans de chevalerie et d'aventure.

■ Le style rabelaisien est unique, mêlant et parodiant toutes les tonalités* (épique, pathétique*, lyrique, burlesque, etc.) avec un travail sur la langue d'une grande richesse (néologismes, jeux linguistiques divers et foisonnants).

■ *Gargantua* est une œuvre-phare de l'humanisme par sa réflexion philosophique sur l'éducation, la guerre, les superstitions religieuses et le bien-gouverner.

## 3 Rire et savoir

### A. Le comique au service de l'esprit critique ?

■ Le rire est-il un bon moyen de transmettre le savoir ? Chez Rabelais, le rire a une fonction pédagogique qui rappelle le « *placere et docere* » mais le lecteur doit être capable de voir au-delà du comique.

■ Le comique prend diverses formes : l'ironie* comme dans les contes voltairiens, le carnavalesque comme chez Rabelais, le burlesque fantaisiste de Cyrano de Bergerac, etc. Les auteurs utilisent le rire pour interroger les certitudes et susciter l'esprit critique.

■ Face à l'obscurantisme ou à la censure, les auteurs dissimulent leurs intentions critiques ou subversives derrière des personnages comiques de « faux sachants » destinés à montrer le « vrai savoir ». C'est ce que font Rabelais et Voltaire avec leurs personnages de précepteurs : Maître Thubal Holoferne et Pangloss, maître de métaphysico-théologo-cosmolo-nigologie.

**À retenir**

On doit la formule lati « *placere* et *docere* » **Horace** : « *Il obtient to les suffrages celui qui u l'utile à l'agréable, et plaît instruit en même temps.*

### B. Œuvres-clés

| | |
|---|---|
| ***Histoire comique des États et Empires de la Lune* de Cyrano de Bergerac (1657)** | Le narrateur se rend sur la Lune grâce à une fusée et rencontre les Séléniens dont les mœurs et croyances sont étranges. La dimension « comique » annoncée dans le titre permet à Cyrano de remettre en cause les vérités de son temps et de promouvoir le matérialisme. |
| ***Le Malade imaginaire* de Molière (1673)** | Dans cette pièce, Molière poursuit sa satire des médecins par l'intermédiaire de deux personnages pédants et risibles dont le nom est d'emblée un signe de ridicule : les père et fils Diafoirus. |
| ***Candide* de Voltaire (1759)** | Ce conte philosophique souvent comique et largement ironique permet à Voltaire de critiquer l'optimisme inconsidéré, la guerre ou encore l'esclavage en tournant en ridicule les prétendus savoirs de l'époque. |

*À retenir !*

■ Par-delà le rire, Rabelais invite à réfléchir mais ses lecteurs n'ont pas toujours su voir le sérieux de sa pensée. Le rire est-il un bon moyen d'accès au savoir ?

■ Le comique est surtout utilisé pour critiquer le « mauvais savoir », celui des pédants et des dogmatiques, et pour se protéger de la censure.

# Les Caractères (livres V à X), La Bruyère

Fiche 33

## 1 L'auteur

■ Jean de La Bruyère naît en 1645 dans une famille de roturiers. Il entre au service de la maison de Bourbon, d'abord comme précepteur, puis comme « gentilhomme ordinaire de M. le Duc ». Il aurait exercé en tant que bibliothécaire à Chantilly.

■ Il a mené une vie très discrète et on ne sait quasiment rien de lui. Il est l'homme d'un seul livre, *Les Caractères*, édité pour la première fois en 1688. Il réussit à être élu à l'Académie française en 1693.

■ Il meurt d'une attaque en 1696, alors qu'il avait entrepris l'écriture d'une nouvelle œuvre intitulée *Dialogues sur le quiétisme*.

## 2 L'œuvre

### A. Contexte et structure

■ *Les Caractères* connaissent huit éditions différentes : on compte 420 chapitres en 1688 et 1120 en 1694 ! L'œuvre est complétée et modifiée d'édition en édition, par touches successives.

**À savoir**

Théophraste, dont le nom signifie « divin parleur », était un philosophe antique du IVe siècle av. J.-C. qui a été l'élève d'Aristote.

■ La Bruyère se place dans la continuité de la philosophie morale dont les sources remontent à Aristote et surtout aux *Caractères* de Théophraste. Il commence son œuvre par une traduction de ce texte grec, auquel il emprunte également son titre, et par un *Discours sur Théophraste*. La Bruyère se place en héritier mais devient à son tour un modèle pour les moralistes.

### B. Enjeux

■ *Les Caractères* sont une œuvre fragmentaire et variée. Les longueurs des textes vont de la simple phrase à plusieurs pages, et on retrouve toutes les formes de la littérature mondaine : dialogues, portraits, maximes…

■ Le sous-titre de cette œuvre, *Les Mœurs de ce siècle*, rappelle bien la visée moraliste du tableau que brosse La Bruyère, fin observateur de la société des gens de Cour.

**Citation**

*« [Le public] peut regarder avec loisir ce portrait que j'ai fait de lui d'après nature, et s'il se connaît quelques-uns des défauts que je touche, s'en corriger. »* **La Bruyère**, « Préface », *Les Caractères*, 1688.

## 3 La comédie sociale

### A. « Le monde est un théâtre » (Shakespeare)

■ L'intitulé « comédie sociale » est une expression qui se rapporte au théâtre. Le parcours invite à s'interroger sur le jeu de la sociabilité. La courtisanerie est très codifiée et tout le monde doit jouer son rôle dans le grand théâtre versaillais de Louis XIV.

**Citation**

Le « monde est un théâtr[e] est un *topos* de la littérat[ure] baroque, qu'on retrouve c[hez] **Shakespeare** : « *Le mon[de] entier est un théâtre, / [Et] tous, hommes et femm[es,] n'en sont que les acteurs* (*Comme il vous plaira*, 159[9]

■ Questionner la comédie sociale, c'est aussi dénoncer l'hypocrisie de la Cour. Il faut rappeler que le terme « hypocrite » désigne d'abord un comédien dans le théâtre antique. Ainsi, les relations sociales pourraient être vues comme une mise en scène dans laquelle chacun jouerait le rôle qui lui est dû.

### B. Œuvres-clés

| | |
|---|---|
| ***L'Honnête Homme*** **de Nicolas Faret (1630)** | Sous-titrée *L'Art de plaire à la cour*, cette œuvre donne des conseils pour devenir un honnête homme. Respectueux de l'ordre et de l'harmonie, l'honnête homme n'est ni un hypocrite, ni un courtisan. C'est l'homme idéal d'une société de cour idéale. |
| ***Les Peintures morales*** **de Pierre Le Moyne (1640)** | Prêtre et poète, Le Moyne mêle tradition morale et style mondain dans ses peintures car il est convaincu que les « charactères » (avec un « h » sous sa plume) sont plus édifiants s'ils sont présentés en action. Chaque caractère « peut passer pour une pièce sans masque et sans théâtre ». |
| ***Réflexions ou sentences et maximes morales*** **de La Rochefoucauld (1665)** | Avec un art affirmé de la formule brève et percutante, La Rochefoucauld brosse le tableau pessimiste d'une société qui ne fonctionne que par la vanité des hommes prêts à accepter ce jeu de faux-semblants par amour-propre. |

*À retenir !*

■ Conformément à la tradition des moralistes, *Les Caractères* utilisent des tons et des formes variés mais cherchent aussi à édifier le lecteur en critiquant la comédie sociale.

■ La comédie sociale est un *topos* littéraire : les relations sociales peuvent être vues comme un jeu dont nous serions les acteurs.

# Déclaration des droits de la femme et de la citoyenne, Olympe de Gouges

Fiche 34

## 1 L'autrice

■ Marie Gouze, née à Montauban en 1748, adopte le pseudonyme d'Olympe de Gouges en changeant une lettre de son nom et en prenant le prénom de sa mère.

■ Elle s'installe à Paris en 1773 où elle mène une vie bourgeoise et de femme libre. Elle monte sa troupe de théâtre et écrit plusieurs pièces.

■ Le 26 août 1789, l'Assemblée nationale vote l'abolition des privilèges et adopte la *Déclaration des droits de l'homme et du citoyen* dont Olympe de Gouges rédige le pendant féminin en 1791 : la *Déclaration des droits de la femme et la citoyenne*.

■ Elle dénonce aussi les violences commises pendant la Terreur. En juillet 1793, elle fait placarder une affiche qui appelle les citoyens à choisir librement leur gouvernement. Cette affiche ne plaît pas aux Montagnards qui l'emprisonnent. Elle est guillotinée le 3 novembre 1793.

**À savoir**

Pour être au plus près des événements politiques, Olympe de Gouges déménage à Versailles en 1789 et assiste à l'ouverture des états généraux.

## 2 L'œuvre

### A. Contexte et résumé

■ Olympe de Gouges fait de son écriture un lieu de combat pour l'égalité entre les sexes.

■ Elle présente son projet de *Déclaration des droits de la femme et de la citoyenne* à la Convention le 28 octobre 1791. Le projet est refusé, mais reste une étape fondamentale dans l'histoire de l'émancipation des femmes.

### B. Enjeux

■ Dès le préambule, de Gouges dénonce la tyrannie masculine. Elle revendique le statut de citoyenne et demande le droit de vote et d'éligibilité des femmes.

■ De Gouges reprend les articles de la *Déclaration des droits de l'homme et du citoyen* en remplaçant le mot « homme » par « la femme et l'homme », ce qui colore ironiquement le texte.

■ « Femme, réveille-toi ! ». L'apostrophe suivie de l'impératif invite ici les femmes au combat. L'autrice use aussi de nombreux procédés rhétoriques : effets de rythmes, ponctuation expressive, questions rhétoriques…

**Citation**

*« La femme a le droit monter sur l'échafaud ; doit avoir également celu monter à la Tribune. »* **Olym de Gouges**, *Déclaration droits de la femme et de citoyenne*, article X, 1791.

## 3 Écrire et combattre pour l'égalité

### A. Écrire pour combattre

■ Le parcours invite à s'interroger sur le lien entre écriture et combat. Pour Olympe de Gouges, l'écriture est le prolongement d'actions révolutionnaires bien réelles. Ainsi, l'affiche appelant les citoyens à choisir leur gouvernement la conduira à la guillotine.

■ Pour combattre au nom de l'égalité, les auteurs ont recours à des stratégies diverses : proposition d'articles, conte philosophique, essais…

■ La *Déclaration des droits de la femme*, par le recours aux tournures oralisées, rappelle le genre du discours. L'emphase marquée du postambule contraste avec le vocabulaire juridique précis des articles de loi. Le texte se clôt par une anecdote personnelle racontée sur un ton plus léger.

**À savoir**

*L'Esclavage des nègres l'Heureux Naufrage* une pièce anti-esclavagi écrite par Olympe de Goug qui a suscité une viole polémique avec le parti esclavagistes.

### B. Œuvres-clés

| | |
|---|---|
| ***De l'esprit des lois* de Montesquieu (1748)** | Dans « De l'esclavage des Nègres », le philosophe des Lumières prend position contre l'esclavage. Grâce aux antiphrases*, Montesquieu feint de justifier l'esclavage pour mieux en montrer l'absurdité et le dénoncer. |
| ***Traité sur la tolérance à l'occasion de la mort de Jean Calas* de Voltaire (1783)** | Le protestant Jean Calas est accusé, à tort, d'avoir assassiné son fils pour l'empêcher de devenir catholique. Voltaire prend alors sa défense dans une véritable œuvre de combat, *Traité sur la tolérance*. Malgré l'interdiction de l'ouvrage, Calas sera réhabilité trois ans plus tard. |
| ***Le Couvent ou Les Vœux forcés* d'Olympe de Gouges (1791)** | Pour ce drame, De Gouges s'inspire des débats sur l'utilité des couvents et sur la liberté des femmes qui ont eu lieu à l'Assemblée constituante. La pièce dénonce l'injustice faite à Julie, jeune orpheline forcée d'entrer au couvent. |

*À retenir !*

■ La plume est l'arme des écrivains qui s'engagent pour l'égalité (entre les sexes, aux yeux de la justice, contre l'esclavage…).

■ Ces auteurs cherchent à persuader et à convaincre les lecteurs, de manière à changer les mœurs ou même les lois !

# Les prolongements artistiques et culturels

Fiche 35

## 1 Rire et savoir

### A. En gravure

■ Sur la gravure de Gustave Doré (1832-1883), *Merveilleux entendement de Gargantua*, on voit le géant tout à son étude, penché sur un globe terrestre. Il est entouré d'hommes qui représentent les précepteurs de Gargantua, en particulier le maître de théologie Thubal Holoferne. Celui-ci meurt de la vérole et est alors remplacé par « un autre vieux tousseux ». Gustave Doré illustre le passage où Rabelais se moque de ces précepteurs.

■ On peut comparer cette gravure à la lithographie d'Honoré Daumier (caricaturiste du XIXe siècle) qui s'intitule « Demain nous nous occuperons de Saturne ». La caricature représente elle aussi une leçon de géographie autour d'un globe. Le bâillement exagéré de l'élève au premier rang participe de la critique de cette leçon bien ennuyeuse. Cet élève est d'ailleurs le seul tourné vers le spectateur, créant avec lui une certaine complicité.

### B. En bande dessinée

■ Dans sa bande dessinée *Mes Hommes de lettres* (2008), précis d'histoire littéraire décalé, l'autrice et dessinatrice Catherine Meurisse retrace la vie et l'œuvre de François Rabelais par ses textes et ses dessins comiques, voire grotesques. Fidèle à l'humour de Rabelais, son œuvre incarne la vulgarisation scientifique moderne, qui met véritablement le rire au service de la transmission du savoir.

## 2 La comédie sociale

### A. En peinture

■ Le peintre français Jean-Léon Gérôme (1824-1904) met en scène la société de La Bruyère.

■ Peint deux siècles plus tard, le tableau *Réception du Grand Condé par Louis XIV* (1878) représente parfaitement la société de Cour versaillaise et son goût pour la théâtralité. Tous les courtisans, amassés dans l'escalier, semblent être au spectacle dans un décor qui rappelle celui des amphithéâtres. La disposition des personnages permet les jeux de regards : tout le monde voit et est vu, à la fois acteur et spectateur de la comédie sociale.

### B. Au cinéma

■ Bien que le film de Patrice Leconte, *Ridicule*, se déroule sous le règne de Louis XVI, la société dépeinte reste celle de l'Ancien Régime, avec ses vices et son hypocrisie généralisée. Nobles et courtisans, cherchent à s'attirer les faveurs du roi.

**Citation**

*« Ici les vices sont s[...] conséquences, mais [...] ridicule tue. »*, accro[...] de la bande-annonce [...] film *Ridicule* de **Patr[...] Leconte**, 1996.

■ Les dialogues rendent compte du goût pour le mot d'esprit ingénieux et la recherche de la formule percutante qui font tout l'art de la conversation mondaine. Dans cette société, qui était déjà celle de Louis XIV peinte par La Bruyère, l'apparence et l'art de plaire sont la seule manière de sortir victorieux de la comédie sociale. Le ridicule, qui donne son titre au film, devient un péché capital.

## 3 Écrire et combattre pour l'égalité

### A. En peinture

■ Jean-Baptiste Lesueur (1749-1826) a représenté à la gouache sur des cartons découpés une série de scènes de la Révolution. On y voit la présence des femmes. Si les femmes n'avaient aucune légitimité politique, elles étaient pourtant très présentes au sein des assemblées révolutionnaires.

**Citation**

*« Tant que les femmes s'en mêlent pas, il n'[...] pas de véritable révo[...]tion. »* **Mirabeau**

■ D'autres femmes se réunissaient dans des clubs politiques, notamment celui de la « Société des citoyennes républicaines révolutionnaires de Paris ». Le gouvernement révolutionnaire demandera la dissolution de tous ces « clubs » en 1793.

### B. En musique

■ Joseph Bologne de Saint-George (1745-1799), dit « chevalier de Saint-George», est un esclave « mulâtre » (métis) né en Guadeloupe. Amené très jeune en métropole, il reçoit une éducation d'aristocrate. Il apprend les armes et il est reconnu comme un des meilleurs escrimeurs de son temps.

■ Véritable homme des Lumières, il manie aussi bien l'épée que l'archet. Violoniste, chef d'orchestre et compositeur, on dit même de lui que Mozart le jalousait.

■ Il est également le professeur de clavecin de Marie-Antoinette qui veut le nommer directeur de l'Opéra Royal mais nommer un « mulâtre » provoque une polémique et deux chanteuses s'y opposent au prétexte de sa couleur de peau. Le chevalier de Saint-George rejoint alors la Société des Amis des Noirs, aux côtés de Condorcet. Il a aussi rencontré Olympe de Gouges.

# Le roman

Fiche 36

Le roman est une longue fiction en prose qui présente des personnages, une intrigue et un cadre spatio-temporel spécifique.

## 1 La narration

### A. L'auteur et le narrateur

■ Un roman est toujours une narration.
Il existe plusieurs types de narrateurs :

– le narrateur extérieur à l'histoire (récit à la troisième personne). Le narrateur est une simple voix, une instance qui raconte.

– le narrateur est intérieur à l'histoire (récit à la première personne). Cette technique permet de faire « plus vrai ».

**Attention !**
Il ne faut pas confondre le narrateur, qui raconte l'histoire, avec l'auteur, personne réelle qui a écrit cette histoire.

### B. Le rythme de la narration

■ Pour donner plus de vivacité au récit, les auteurs font varier le rythme.

■ Le temps de l'histoire (TDH) désigne le temps fictif des événements racontés. Le temps de la narration (TDN) qualifie le temps qu'on met à lire le récit :

– La scène : TDH = TDN. Le lecteur assiste à l'action en temps réel.
– Le ralenti : TDH < TDN. L'auteur décrit longuement les événements.
– Le sommaire : TDH > TDN. Le narrateur résume des actions.
– La pause : le TDH est suspendu (descriptions).
– L'ellipse : le narrateur omet délibérément de raconter un événement.

## 2 La construction du récit

### A. La structure

■ Un roman est un ensemble structuré. Il peut se diviser en parties, chapitres ou paragraphes.

■ Le schéma narratif traditionnel d'un récit comporte cinq étapes :

situation initiale → élément perturbateur → péripéties → élément de résolution → situation finale

### B. L'*incipit*

L'*incipit* désigne le début d'un roman. Sa longueur varie d'une phrase à quelques pages. Il sert à : indiquer le cadre spatio-temporel, préciser le genre, informer sur l'intrigue à venir, susciter l'envie de lire la suite.

**Citation**

*« Ça a débuté comme ç* est l'*incipit* de *Voyage bout de la nuit* de **Célin**

### C. L'*excipit* (ou *explicit*)

L'*excipit* est la fin d'un roman. Il permet de clôturer le récit, de proposer une leçon morale. Lorsqu'il ne clôture pas définitivement l'ouvrage, on parle de fin ouverte.

*Ex. :* La dernière phrase des *Faux-Monnayeurs* de **Gide** (1925) se termine sur le personnage de Caloub qui a pour anagramme « boucla ». Or Caloub ne boucle pas le roman mais, au contraire, l'ouvre.

## 3 Les sous-genres romanesques

Attention ! un même roman peut appartenir à plusieurs catégories.

### A. Les récits centrés sur l'intrigue

Ces récits reposent sur le suspense et les rebondissements. C'est le cas des romans d'aventures (Dumas au XIXe siècle) ou des romans policiers (Agatha Christie, Fred Vargas).

### B. Les récits centrés sur le personnage

- Le roman d'apprentissage : le personnage, souvent jeune, découvre le monde et évolue dans la société.
- Le roman d'analyse : l'auteur propose une exploration des pensées du personnage.

*Ex. : La Princesse de Clèves* de **Mme de La Fayette** (1678) donne au personnage une véritable profondeur psychologique.

### C. Les récits du « je »

- L'autobiographie : auteur, narrateur et personnage se confondent.

*Ex. :* **Nathalie Sarraute**, dans *Enfance* (1983), raconte ses souvenirs en dialoguant avec elle-même.

- Le roman dit « à la première personne » : le personnage peut avoir véritablement existé ou être une pure invention de l'auteur.
- Le roman épistolaire : il se constitue de lettres.

# Le personnage de roman

Fiche 37

Un personnage est un être d'encre et de papier qui est le reflet d'une époque.

## 1 La fabrique d'un auteur

### A. Son identité

■ Un personnage de roman, même s'il est fictif, est créé de manière à donner l'illusion d'authenticité : l'auteur cherche à faire croire qu'il existe. Pour cela, il lui donne :

– une identité avec : un nom, un âge, un métier, bref un état civil ;

– un nom qui fait sens et n'est jamais choisi au hasard. Il peut renseigner sur la catégorie sociale ou être symbolique.

■ Lorsqu'un personnage donne son nom à l'œuvre, on parle de personnage éponyme.

> **Œuvre-clé**
> *Madame Bovary* (1857)
> Flaubert donne au personnage principal le prénom « Emma » (« aima ») tandis que le nom du mari « Bovary » évoque le bœuf. Le drame de la femme mal mariée se lit dans son nom !

### B. Sa construction

■ Plusieurs procédés permettent à l'auteur de caractériser son personnage :

– le portrait physique laisse au lecteur la possibilité d'imaginer le visage et le corps du personnage (détails physiques, vêtements, etc.) ;

– le portrait moral donne, quant à lui, une profondeur psychologique au personnage et le rend cohérent ;

– en rapportant ses paroles, l'auteur donne une voix au personnage ;

– le point de vue interne révèle la vision du monde du personnage.

■ Parfois, un personnage est le représentant de toute une catégorie. Il s'agit alors d'un type : l'opportuniste, la femme abandonnée, la femme fatale, etc. Mais le personnage n'est pas figé : il évolue. C'est particulièrement vrai pour le roman d'apprentissage dans lequel le personnage rencontre des épreuves qui l'initient au monde.

### C. Sa déconstruction

Dès le XVIII^e^ siècle, Diderot souligne que le personnage est une illusion dans *Jacques le Fataliste* (1796), mais c'est au XX^e^ siècle qu'a lieu la grande crise du personnage, avec le Nouveau Roman **(voir fiche 21)**. Robbe-Grillet va même jusqu'à constater le « décès » du personnage traditionnel qui s'efface et apparaît sur le même plan que certains objets.

## 2 Le produit d'une époque

### A. La place du personnage dans sa société

■ Le personnage évolue toujours au sein d'une société. En cela, il est le reflet d'une époque et de ses mœurs.

■ Au XIX^e siècle, certains cherchent à gravir les échelons de la société.

*Ex. :* Georges Duroy dans *Bel-Ami* de **Maupassant** (1885) incarne le type de l'opportuniste.

■ D'autres personnages qui ne trouvent pas leur place au sein de la société s'y opposent.

*Ex. :* Dans *La Religieuse* de **Diderot** (1780-1796), Suzanne Simonin s'oppose à la société en refusant d'entrer au couvent.

### B. L'incarnation des valeurs morales d'une époque

■ Le personnage peut être un héros et incarne alors des valeurs morales élevées, il est un modèle à suivre.

*Ex. :* *La Princesse de Clèves* de **Mme de La Fayette** (1678) est, à cet égard, un exemple de vertu.

■ Les personnages dénués de toute qualité morale relèvent de la catégorie des antihéros. Mais la plupart des personnages échappent à cette conception manichéenne et sont des personnages plus banals.

■ Quand le personnage véhicule une vision du monde, on entend en filigrane la voix de l'auteur : le personnage devient son porte-parole.

### C. Des lecteurs au fil des siècles

■ Le lecteur se sent plus ou moins proche des personnages. Ce lien personnage/lecteur est orchestré par l'auteur. Les récits à la première personne notamment renforcent l'identification entre lecteur et personnage.

■ Le lecteur peut ressentir de l'empathie, de la fascination, de la pitié, mais il peut également avoir de la répulsion pour un personnage. L'ironie de l'auteur permet alors de mettre le personnage à distance.

■ La vision d'un personnage est toujours subjective puisqu'elle dépend en partie de chaque lecteur et de son milieu.

**Citation**

*« Le premier homme qui passe est un héros suffisant. »*

**Zola**, *Deux définitions du roman*, 1866.

# Les points de vue et les types de discours

Fiche 38

Connaître les différents points de vue et types de discours est important pour bien analyser les effets du texte et les intentions de l'auteur. Ils font partie des outils de l'énonciation.

## 1 L'énonciation et la focalisation

### A. L'énonciation

■ L'énonciation est l'ensemble des éléments permettant de répondre aux questions : qui parle ? à qui ? de quoi ? comment ? quand ? pourquoi ? dans quel contexte ? (où ? quand ?)

■ Dès qu'on envoie un message, trois éléments sont nécessaires : un émetteur (il envoie le message) → un message → un récepteur ou destinataire (il reçoit le message).

■ Ce schéma de l'énonciation s'applique à toute forme de communication (orale ou écrite). En littérature, l'émetteur est l'auteur, le message est le texte écrit et le récepteur est le lecteur.

**À savoir**

Au théâtre, les personnages s'adressent à la fois aux autres personnages et aux spectateurs. C'est la double énonciation.

### B. La focalisation

■ On appelle focalisation, ou point de vue, la façon dont les éléments d'une narration sont vus et racontés. Mais, avant de connaître le point de vue, il faut identifier le narrateur :

– le narrateur intérieur à l'histoire, narration « à la 1re personne » : le narrateur est un personnage qui dit « je » ;

– le narrateur extérieur à l'histoire, narration « à la 3e personne » : le narrateur est une simple voix, une instance qui raconte.

■ Si le narrateur est interne à l'histoire, le point de vue est forcément interne. En revanche, si la narration est faite à la troisième personne, trois points de vue sont possibles :

– le point de vue omniscient : le narrateur voit tout et sait tout. Il n'est pas un personnage de l'histoire mais un « conteur » capable de donner des informations inaccessibles à un simple témoin ;

– le point de vue interne : tout se passe comme si le lecteur était « dans la tête » du personnage. Le lecteur est donc dépendant du savoir et du ressenti de ce personnage et, souvent, s'identifie à lui ;

– le point de vue externe : l'histoire est racontée par un témoin neutre et objectif qui n'appartient pas aux événements.

## 2 Les types de discours

### A. Les discours direct et indirect

| | Indices textuels | Exemples |
|---|---|---|
| **Discours direct** | • Signes typographiques : guillemets, tirets, ponctuation expressive (? ! ...).<br>• Verbes de parole avant, après ou en incise.<br>• Emploi de pronoms et de déterminants des 1re et 2e personnes.<br>• Indices spatio-temporels (ici, demain, etc.).<br>• Oralité dans le lexique et la syntaxe. | *« C'est plus affreux encore que vous ne pouvez le croire, dit-il avec calme. »*<br>**A. Christie**, *Le Meurtre de Roger Ackroyd*, 1926. |
| **Discours indirect** | • Absence de signes typographiques.<br>• Paroles rapportées introduites par des subordonnées.<br>• Emploi des 3es personne du singulier et du pluriel.<br>• Indices spatio-temporels (en ce lieu, le lendemain, etc.). | Il dit avec calme que c'était encore plus affreux qu'il ne pouvait le croire et qu'il fallait qu'ils en discutent. |

### B. Les autres types de discours

■ Le discours indirect libre est un mélange des discours direct et indirect. On entend simultanément la voix du personnage et celle du narrateur. Les pronoms, déterminants, temps et connecteurs spatio-temporels sont identiques à ceux du discours direct, mais les marques de l'oralité sont celles du discours indirect.

**Attention !**
Il arrive souvent que les trois focalisations soient utilisées dans un même roman, en fonction de l'effet recherché par l'auteur à ce moment-là du récit.

**Ex. :** *« Je n'eus pas le temps de réfléchir longuement car Miss Ganett se précipitait sur moi, avide de s'informer.* ***La mort de la pauvre chère Mme Ferras n'était-elle pas une chose affreuse ?*** *»*

**A. Christie**, *Le Meurtre de Roger Ackroyd*, 1926.

■ Le discours narrativisé est une sorte de résumé de dialogue : on n'a pas le détail des paroles mais on en connaît le sujet.

**Ex. :** *« J'eus peur que Mme Ackroyd ne recommençât à m'entretenir du contrat et je fis rapidement diversion* ***en lui parlant d'une nouvelle variété de pois de senteur****. »*

*Ibid.*

# La Princesse de Clèves, Madame de Lafayette

Fiche 39

## 1 L'autrice

■ Marie-Madeleine Pioche de La Vergne, comtesse de Lafayette (1634-1693), appartient à la petite noblesse. Instruite, elle est rapidement introduite dans les salons littéraires de Mme de Rambouillet ou de Mme de Scudéry et côtoie le monde de la Cour.

■ Son père meurt en 1650 et sa mère se remarie à l'oncle de la célèbre Mme de Sévigné avec qui Mme de Lafayette devient amie.

■ Elle épouse en 1655 François Motier, comte de Lafayette, qu'elle est contrainte de suivre en province. De retour à Paris à partir de 1659, elle fréquente La Rochefoucauld, Racine, Boileau… Elle ouvre aussi son propre salon et publie anonymement *La Princesse de Montpensier* (1662), puis *Zaïde* (1671) et, enfin, *La Princesse de Clèves* (1678).

■ Surnommée « le brouillard » par ses amis, Mme de Lafayette semble avoir cultivé le goût du secret (œuvres publiées de façon anonyme, thèmes du secret et de la quête de la vérité présents dans ses intrigues).

## 2 L'œuvre

### A. Contexte et résumé

■ *La Princesse de Clèves* est d'abord publié anonymement en 1678. Cette pratique était courante et consistait même en un jeu mondain. Il fallait alors deviner qui était caché derrière les pages.

■ Dès sa parution, le roman rencontre un vif succès. Il est influencé par la préciosité qui anime l'esprit des salons. Grande lectrice, Mme de Lafayette puise également son inspiration dans les tragédies classiques.

**À savoir**

La scène d'aveu de *La Princesse de Clèves* a fait couler beaucoup d'encre. Elle constitue aujourd'hui encore une des scènes les plus commentées de la littérature française.

### B. Enjeux

■ Un roman historique. Les premières pages du roman ancrent l'action dans un contexte historique précis : la cour des Valois qui symbolise l'idéal de galanterie. Néanmoins, la romancière critique les diverses intrigues amoureuses qui s'y développent.

■ Un roman classique. Ce roman fait l'éloge de la mesure et du triomphe de la vertu sur les passions, conformément à l'éthique du classicisme. La princesse de Clèves incarne, en ce sens, l'héroïne classique par excellence.

■ Un roman tragique. Ce roman est construit comme une tragédie car la Princesse est en proie à un désir interdit et inavouable qui n'est pas sans rappeler celui de la Phèdre de Racine. On retrouve également certaines scènes typiques de la tragédie : scène d'aveu, monologue délibératif de la Princesse, jeu avec des personnages cachés, etc.

■ Un roman d'analyse psychologique. Mme de Lafayette sonde les passions amoureuses avec finesse, grâce au point de vue interne ou au monologue intérieur.

## 3 Individu, morale et société

### A. Le personnage, reflet de son époque

■ Le personnage est une création littéraire conçue par un auteur qui cherche à donner l'illusion du réel en le dotant de caractéristiques précises. Les personnages apparaissent alors comme des individus qui sont le reflet de leur époque.

■ Le terme d'« individu » s'oppose à celui de « société ». Un individu est un être unique tandis que la société rassemble une somme d'individus. Le personnage peut soit être à l'image de la société, soit s'en défaire. Les personnages réalistes essaient souvent de trouver une place au sein de la société.

■ Un personnage est souvent animé par une morale qui va orienter toutes ses actions. On parle de héros lorsque cette morale est vertueuse et motivée par la volonté de respecter un code de conduite. C'est le cas de la princesse de Clèves. Sinon, on parle d'antihéros.

**Citation**

*« Les passions peuve[nt] me conduire, mais elles [ne] sauraient m'aveugler. »*

**Mme de Lafayet[te]**

*La Princesse de Clèves*, 167[8]

### B. Œuvres-clés

| | |
|---|---|
| **Laclos, *Les Liaisons dangereuses* (1782)** | Dans ce roman épistolaire, la marquise de Merteuil apparaît comme une anti-princesse de Clèves. Libertine, elle se place en contrepoint de la morale dominante. Son intelligence est mise au service de la manipulation et du mal. |
| **Flaubert, *Madame Bovary* (1857)** | Ce roman réaliste met en scène les affres d'Emma Bovary, mariée à un médecin de campagne. De nature mélancolique, l'héroïne s'ennuie et prend des amants. Ce roman a été porté en justice pour « outrage à la morale publique et aux bonnes mœurs ». |
| **NDiaye, *Trois femmes puissantes* (2009)** | Ce roman est composé de trois parties, qui sont comme des nouvelles. Elles mettent en scène des récits de femmes, Norah, Fanta et Khady, qui disent « Non » et s'opposent à leur société. |

*À retenir !*

■ Le personnage est, souvent, à la fois le héros (personnage principal) et le héraut (porte-parole) des valeurs et de la morale de son temps.

■ Le personnage, en tant qu'individu, peut s'opposer aux valeurs et à la morale de sa société et les dénoncer.

# *Le Rouge et le Noir*, Stendhal

Fiche 40

## 1 L'auteur

■ Stendhal (1783-1842), de son vrai nom Henri Beyle, naît dans une famille bourgeoise. Très doué pour les mathématiques, il est envoyé à Paris pour passer le concours de l'École polytechnique mais y renonce. Il multiplie les liaisons amoureuses et trouve un emploi de secrétaire au ministère de la Guerre avant de monter en grade.

■ Il participe à la campagne d'Italie puis à celle de Russie, mais la chute de Napoléon, en 1814, met fin à ses ambitions politiques. Il se réfugie en Italie et commence vraiment à écrire avant de rentrer en France. Les années 1820-1830 sont les plus fastes pour son œuvre dont *Armance* (1827), *Le Rouge et le Noir* (1830) et *La Chartreuse de Parme* (1839). Il meurt d'une attaque à 59 ans, et laisse des ouvrages inachevés dont *La Vie de Henry Brulard*.

## 2 L'œuvre

### A. Contexte et résumé

■ Le contexte historique est capital pour comprendre ce roman qui a pour sous-titre *Chronique du XIXe siècle*. La France de la Restauration **(voir fiche 15)** prône un retour à la religion et aux valeurs de l'Ancien Régime. Les plus jeunes, qui ont connu les espoirs révolutionnaires et la fougue napoléonienne, ne se reconnaissent pas dans ce régime du passé.

> **À savoir**
>
> Stendhal s'inspire d'un fait divers : Antoine Berthet a essayé de tuer, dans une église, sa maîtresse qui était la mère des enfants dont il était le précepteur.

■ L'œuvre se compose de deux mouvements qui suivent le parcours du héros, Julien Sorel. Dans la première partie, le jeune homme est précepteur à Verrières et tombe amoureux de Mme de Rênal, bourgeoise de province. Dans la seconde partie, il vit à Paris et fréquente la société conservatrice et aristocratique de sa future épouse, Mathilde, fille du marquis de La Mole.

■ *Le Rouge et le Noir* est romantique par ses personnages et par certains de ses thèmes comme la nature, la passion, l'impression de ne pas être à sa place dans la société, etc. Mais cette œuvre est aussi réaliste par sa peinture de la réalité sociale et politique : elle est inspirée de faits réels et retrace une ascension sociale entre deux mondes.

### B. Enjeux

■ Ce roman est la critique d'une société française sclérosée qui craint une nouvelle révolution et ne laisse pas sa place à la jeunesse ambitieuse qui ne peut s'élever dans l'échelle sociale. Le rouge, couleur de l'uniforme, symbolise la carrière militaire et le noir la carrière ecclésiastique.

■ Deux mondes sont explorés par le roman : la bourgeoisie provinciale à Verrières et l'aristocratie parisienne avec le marquis de La Mole. Ce sont aussi deux amours qui sont présentées : la douce et maternelle Mme de Rênal et l'orgueilleuse Mathilde.

■ *Le Rouge et le Noir* est aussi un roman d'apprentissage pour le personnage de Julien Sorel que l'on suit dans sa découverte du monde et de lui-même. Mais c'est un jeune homme à part qui ne trouve pas sa place dans une société qu'il réprouve, bien qu'il fasse semblant de s'y conformer.

## 3 Le personnage de roman, esthétiques et valeurs

### A. Le personnage, héros et héraut

■ Bien souvent, le personnage est aussi un héraut, c'est-à-dire le porte-parole de l'auteur. Il peut incarner des valeurs que partage l'auteur (héros) ou, au contraire, symboliser un contre-modèle, un repoussoir (antihéros). Il est représentatif du milieu social et de l'époque dans lesquels l'auteur le place. Soit il s'y reconnaît, soit il se sent à la marge. Il est également un miroir à travers lequel le lecteur analyse ses propres émotions.

■ L'écriture du personnage, être fictif, est le reflet à la fois des préoccupations d'une époque et des pratiques littéraires de son auteur. On dit ainsi que le personnage est « le produit d'une esthétique ».

### B. Personnages-clés

| | |
|---|---|
| **Gargantua dans *Gargantua* de Rabelais (1534/35)** | Le géant Gargantua est l'incarnation des valeurs humanistes, mais il est aussi le porte-parole de son auteur qui croit dans la force du rire pour atteindre au sérieux. |
| **Valmont et Merteuil dans *Les Liaisons dangereuses* de Choderlos de Laclos (1782)** | Le vicomte de Valmont et la marquise de Merteuil incarnent les principes libertins **(voir fiche 13)**. Ce sont des antihéros ambigus car l'auteur les punit à la fin, mais on ne peut s'empêcher d'admirer leur virtuosité. |
| **Le Dr Rieux dans *La Peste* d'Albert Camus (1947)** | Alors que l'épidémie symbolise l'Occupation, le Dr Rieux est, de l'aveu de Camus, le personnage qui lui ressemble le plus. Incarnant des valeurs humanistes, il est aussi d'une grande honnêteté intellectuelle. |

*À retenir !*

■ *Le Rouge et le Noir* est le roman d'une époque et son personnage, Julien Sorel, l'incarnation d'une jeunesse passionnée mais bridée dans son ascension sociale.

■ Les personnages sont révélateurs de plusieurs influences : l'époque de leur écriture, les préoccupations esthétiques de leur auteur et les valeurs que ce dernier veut véhiculer.

# Mémoires d'Hadrien, Yourcenar

Fiche 41

## 1 L'autrice

■ Marguerite Yourcenar (1903-1987), de son vrai nom Marguerite de Crayencour, est née à Bruxelles mais a grandi à Paris. Elle ne va pas à l'école mais reçoit une éducation classique et apprend, dès l'enfance l'anglais, le latin, le grec et même l'italien en autodidacte. Elle passe son bac à 16 ans.

■ Elle voyage et vit dans toute l'Europe (Suisse, Italie, Grèce, Europe centrale) puis s'installe aux États-Unis en 1939 avec sa compagne Grace Frick, qui traduira ses œuvres en anglais et avec qui elle restera jusqu'à la mort de celle-ci en 1979. À partir des années 1950, Yourcenar s'engage pour les droits civiques et contre le nucléaire.

■ Depuis sa première œuvre parue en 1929, *Alexis ou le Traité du vain combat*, elle n'a cessé de publier des romans, de la poésie, des essais et des traductions, soit plus d'une cinquantaine d'œuvres. Elle est la première femme à entrer à l'Académie française en 1980 ; elle est aussi admise à l'Académie américaine des arts et des lettres en 1982.

> **À savoir**
> Marguerite Yourcenar a traduit *The Waves* de Virginia Woolf, qu'elle a rencontrée en 1937.

## 2 L'œuvre

### A. Contexte et résumé

■ Avec *L'Œuvre au noir* (1968), les *Mémoires d'Hadrien* sont l'autre grand roman de Yourcenar. En germe depuis la fin des années 1920, il est publié en 1951 après trois ans de travail. Acclamé par la critique, il reçoit de nombreux prix dont celui de l'Académie française.

■ L'œuvre se divise en 6 chapitres, portant chacun un titre latin qui n'est pas traduit. Le premier et le dernier font office d'introduction et de conclusion ; les quatre autres suivent la chronologie de la vie de l'empereur Hadrien s'attardant notamment sur sa relation amoureuse avec Antinoüs.

### B. Enjeux

■ L'empereur Hadrien a réellement existé et l'on dispose de Mémoires officiels (non autobiographiques) écrits trois ans après sa mort. Yourcenar, latiniste, connaissait très bien l'Antiquité et ses sources. Dans son roman, elle fait l'« archéologie » d'une personnalité, en croisant les genres (biographie, épistolaire, etc.). Ces mémoires fictifs sont donc vraisemblables.

■ Le style de Marguerite Yourcenar s'inspire de celui des auteurs antiques : c'est le genre togé *(oratio togata)*, un mélange de narration et de méditations dans un registre de langue très soutenu.

■ En choisissant le monologue intérieur, elle dit avoir essayé de « [se] *passer le plus possible de tout intermédiaire, fût-ce* [d'elle]-*même* ». Cependant, on peut essayer de reconnaître les convictions de Yourcenar sous ce portrait d'Hadrien qui est un idéal de sagesse et de gouvernance.

## 3 *« Soi-même comme un autre »*

### A. Les récits à la 1re personne

■ En disant « je » à la place d'un autre, l'auteur permet au lecteur d'entrer dans la conscience du narrateur. Une intimité se crée entre le narrateur-personnage et le lecteur.

■ Le récit à la 1re personne donne plus de vraisemblance, et cet effet de réel est accentué lorsque le narrateur est un personnage historique réel. L'auteur utilise ce procédé pour donner un effet de style, par jeu littéraire, et/ou pour parler de lui-même par le détour d'une autre conscience.

**Citation**

*« Quoi qu'on fasse, reconstruit toujours monument à sa maniè Mais c'est déjà beauco de n'employer que c pierres authentiques. »*

Yourcenar, *Carnets de no des Mémoires d'Hadri*

### B. Exemples de récits à la 1re personne

| Pseudo-mémoires (l'auteur choisit un personnage historique et raconte sa vie) | |
|---|---|
| *Moi, Claude* (1934) de Robert Graves. | À partir de sources historiques, Graves écrit les Mémoires du 4e empereur romain Claude (Ier siècle). S'il choisit cet empereur, ce n'est pas par affinité personnelle mais parce que gravitaient autour de lui des individus taillés pour être des personnages romanesques : Messaline, Néron, Agrippine, Britannicus. |
| **Roman-Mémoires (le personnage-narrateur est totalement fictif)** | |
| *La Religieuse* (1780-1796) de Diderot. | Suzanne, la narratrice croyante et innocente, permet à Diderot d'évoquer indirectement ses positions anticléricales. Il critique ainsi les sociétés religieuses closes. |
| **Journal intime fictif** | |
| *Le Horla* (2e version, 1887) de Maupassant. | Le narrateur est victime d'un monstre invisible qui l'attaque chaque nuit et le pousse à commettre des méfaits. Maupassant, atteint de syphilis, était alors sujet aux hallucinations, ce qui a inspiré ses écrits. |

*À retenir !*

■ À mi-chemin entre le roman historique et la biographie, les *Mémoires d'Hadrien* sont des pseudo-mémoires.

■ En choisissant d'écrire à la première personne la vie d'un autre, un auteur peut se projeter dans un personnage ayant réellement existé, se livrer à une introspection, faire œuvre d'historien ou rechercher un effet de réel.

# Les prolongements artistiques et culturels

Fiche 42

## 1 Individu, morale et société

### A. En peinture

■ *Le Tricheur à l'as de carreau* est une toile peinte par Georges de La Tour au XVIIe siècle (v. 1636-1638) qui met en scène une partie de cartes. Quatre personnages sont représentés : le tricheur à gauche, une servante, une courtisane au centre et, à droite, le jeune homme qui va être berné.

■ La toile évoque plusieurs vices : le mensonge avec le tricheur mais aussi l'ivresse (la servante offre un verre d'alcool), la luxure (la courtisane), la cupidité (étalage des pièces sur la table).

■ Avec ce tableau, de La Tour dénonce les travers de sa société. Même le personnage de droite, le jeune homme prêt à être dupé, est critiqué. Le peintre porte un regard critique et pessimiste sur cette société des apparences qui n'est pas sans rappeler celui d'un moraliste comme La Rochefoucauld.

**À savoir**

La plume du jeune homme naïf sur le point d'être berné est une allusion ironique à l'expression « se faire plumer » !

### B. Au cinéma

■ *Mustang* est un film germano-franco-turc réalisé par Deniz Gamze Ergüven et sorti en 2015. Il met en scène l'histoire de cinq sœurs orphelines, élevées par leur grand-mère et leur oncle dans un petit village turc à 1 000 km d'Istanbul.

■ Les cinq jeunes filles se voient progressivement enfermées et coupées du monde dans leur maison qui se métamorphose en prison. Privées d'école, de téléphone, cloîtrées, elles doivent apprendre à devenir de bonnes épouses (cours de ménage, de cuisine). La grand-mère et l'oncle arrangent les mariages pour chacune d'elles.

■ La réalisatrice retrace 5 parcours de vie, tous différents en fonction de la personnalité de chacune des filles. Le film est un hymne à l'émancipation et une invitation à se libérer d'une société traditionnelle patriarcale.

## 2 Le personnage de roman, esthétiques et valeurs

### A. Au cinéma

■ En 1954, *Le Rouge et le Noir* est adapté au cinéma par Claude Autant-Lara avec deux grands acteurs de l'époque : Gérard Philipe et Danielle Darieux.

■ Le film reçoit le Grand Prix de l'Académie du cinéma, mais n'est pas bien reçu par les jeunes cinéastes de la Nouvelle Vague qui y voient un académisme repoussant. On lui reproche, notamment, de ne pas critiquer assez l'Église par rapport à l'œuvre de Stendhal.

### B. Personnage historique et histoire des arts

■ Napoléon Bonaparte est le premier souverain dont l'image est si consciemment et largement mise en scène. Ses portraits sont nombreux et pas forcément réalistes car ils servent un but de propagande.

■ Dans *Le Rouge et le Noir*, Julien Sorel a pour idole Napoléon Bonaparte et dissimule même un portrait de lui sous son lit, comme on le ferait normalement de celui d'une femme.

**Ex. :** *« Le portrait de Napoléon, se disait-il en hochant la tête, trouvé caché chez un homme qui fait profession d'une telle haine pour l'usurpateur ! trouvé par M. de Rênal, tellement ultra et tellement irrité ! et pour comble d'imprudence sur le carton blanc derrière le portrait, des lignes écrites de ma main ! et qui ne peuvent laisser aucun doute sur l'excès de mon admiration ! »*

**À savoir**

Napoléon Bonaparte a é
général révolutionnai
puis Premier Consul
enfin, empereur de 1804
1814-1815 sous le nom
Napoléon I$^{er}$.

## 3 « Soi-même comme un autre »

### A. Lettres et culture de l'Antiquité

Le portrait dans la statuaire antique est destiné à souligner certains attributs du pouvoir. La cuirasse que porte Hadrien rappelle ici que malgré son œuvre de pacification, il reste un combattant redoutable qui protège l'Empire. Sa barbe et son port de tête serviraient à indiquer sa dette aux philosophes grecs.

Statue de l'empereur Hadrien cuirassé, Rome, Italie.

### B. Adaptation télévisée

■ Les *Mémoires d'Hadrien* n'a jamais été adapté en film mais le roman britannique qui l'a précédé dans la forme, *Moi, Claude* (Robert Graves, 1934) a fait l'objet d'une mini-série de douze épisodes sur la BBC en 1976 avec Derek Jacobi.

■ Cette mini-série parvient à conserver le point de vue de l'empereur Claude grâce à sa mise en scène qui se rapproche du théâtre filmé et par le procédé de la voix off de Claude.

# Le théâtre

Fiche 43

Le théâtre est un genre à part car le texte est écrit pour être joué. Cela entraîne de fortes contraintes d'écriture.

## 1 Les spécificités du texte théâtral

### A. Le mot « théâtre »

Le mot désigne le lieu (la salle dans laquelle on assiste à une représentation) et les textes, c'est-à-dire les pièces de théâtre, le genre littéraire.

### B. Un texte « incomplet »

■ Le théâtre a pour spécificité d'être écrit pour être mis en scène. Sans sa mise en scène, il est considéré comme « incomplet » (Anne Ubersfeld).

■ Deux éléments composent le texte théâtral :

– les paroles des personnages, destinées à être prononcées par un acteur ;

– les didascalies, qui rappellent que le texte doit être joué.

**À savoir**

Après l'échec de *La Nuit vénitienne* (1830), **Musset**, découragé, décide d'écrire des pièces destinées uniquement à être lues : *Un spectacle dans un fauteuil* (1832).

## 2 La double énonciation

### A. Principe

■ Le théâtre relève de la double énonciation puisque le personnage s'adresse simultanément à un autre personnage sur scène avec lui et au spectateur qui se trouve dans la salle.

■ Le quatrième mur est une frontière imaginaire qui sépare les acteurs (monde de la fiction) des spectateurs (monde réel). « Briser le quatrième mur » signifie que l'acteur s'adresse directement au spectateur, en rompant l'illusion théâtrale.

### B. Ses procédés et ses effets

■ L'aparté : le personnage s'adresse au spectateur, sans que les autres personnages l'entendent. Reposant sur une complicité avec le public, il crée souvent un effet comique.

**Ex. :** « ***LA FLÈCHE***, à part – *La peste soit de l'avarice et des avaricieux !*
***HARPAGON*** – *Comment ? que dis-tu ?* »

**Molière**, *L'Avare*, I, 3, 1668.

■ L'**ironie tragique** : un personnage annonce sans le savoir un événement funeste, sans que cela échappe au spectateur.

**Attention !**
« Aparté » est un mot masculin : « **un** aparté ».

**Ex. :** « ***JOCASTE*** – [...] *Tout le jour, cette écharpe m'étrangle.* »

**Cocteau**, *La Machine infernale*, I, 1932.

Le spectateur qui connaît le mythe d'Œdipe voit ici une allusion directe au suicide de Jocaste par pendaison.

■ L'**interpellation** : le spectateur se sent pris à partie, interpellé par le personnage, qui s'adresse en fait à un autre personnage.

**Ex. :** Dans la scène d'exposition d'*Incendies* de **Wajdi Mouawad** (2003), le notaire ouvre la porte de son cabinet en répétant « *Entrez, entrez, entrez.* » C'est une invitation adressée aux personnages et une invitation à « entrer » dans la pièce pour le spectateur.

## 3 Le temps et l'espace

Au théâtre, on peut distinguer **deux temporalités** et **deux espaces**.

### A. La double temporalité

■ Le **temps de l'action** : temps où se déroulent les événements fictifs.

■ Le **temps de la représentation** : temps réel de la durée de la pièce à laquelle assiste le spectateur.

■ Au XVIIe siècle, l'**unité de temps** voulait que le temps de l'action dure une journée.

### B. Le double espace

■ L'**espace dramatique** représente les lieux qui sont évoqués à travers les personnages mais qui n'apparaissent pas sous les yeux du spectateur. C'est un **espace imaginaire** qui a lieu hors scène.

**Ex. :** « ***LE DOMESTIQUE*** – [...] *Dès le vestibule passé, prise de fureur, elle courait vers le lit nuptial.* »

**Sophocle**, *Œdipe roi*, trad. Jean Grosjean.

Le vestibule et la chambre de Jocaste appartiennent à l'espace dramatique.

■ L'**espace scénique** représente tout ce qui se trouve sur scène et est visible pour le spectateur. Les didascalies et autres indications scéniques renseignent sur ce lieu. Le metteur en scène, grâce au décor et aux accessoires, construit cet espace.

# Parole, action et personnages

Fiche 44

## 1 La parole au théâtre

### A. Le dialogue

■ Le dialogue désigne l'échange de paroles entre des personnages. Il se compose de 3 types de paroles :

– la réplique : unité de parole prononcée par un personnage ;

– la tirade : très longue réplique ;

– les stichomythies : répliques brèves. Lorsqu'elles se suivent, elles créent de la vivacité et traduisent souvent un moment de tension entre les personnages.

■ Lorsqu'un dialogue est prononcé, il faut toujours être attentif à la situation d'énonciation. En effet, un personnage peut mentir, se faire passer pour un autre, s'interdire de révéler son amour, etc.

**Attention !**
Dans la **tirade**, le personnage s'adresse longuement à un autre, alors que, dans le **monologue**, le personnage est seul sur scène.

### B. Le monologue

■ Le monologue est un discours que prononce un personnage lorsqu'il est seul ou se croit seul sur scène. Selon le principe de la double énonciation, le personnage s'adresse au spectateur et à lui-même. Mais il peut aussi parler :

– à quelqu'un qui est absent ;

– à un objet.

**Ex. :** *« **HARPAGON** – Hélas ! Mon pauvre argent, mon pauvre argent, mon cher ami ! On m'a privé de toi ; et puisque tu m'es enlevé, j'ai perdu mon support, ma consolation, ma joie. »*

**Molière**, *L'Avare*, IV, 7, 1668.

■ Le monologue a plusieurs fonctions :

– révéler l'intériorité du personnage, transcrire ses doutes et émotions sous la forme d'une introspection (plongée en soi-même) ;

**Ex. :** Dans *Lorenzaccio* de **Musset** (1834), le héros s'interroge sur les raisons profondes qui le poussent à assassiner le duc de Florence (IV, 3).

– faire avancer l'action. On parle alors de fonction dramatique, *drama* signifiant l'action. C'est le cas du monologue délibératif.

## 2 L'action et les personnages

### A. La construction d'une pièce

■ La structure en actes et en scènes est typique du théâtre classique du XVIIe siècle. Les scènes sont marquées par l'entrée ou la sortie d'un personnage. Ce découpage a été remis en question et n'est pas toujours respecté. Les actes peuvent être remplacés par des tableaux, ou bien totalement disparaître. Yasmina Reza, par exemple, ne propose pas de structure visible dans ses pièces, à l'exception de quelques astérisques.

■ Une pièce de théâtre se structure autour des actions qui font progresser une intrigue. Les pièces classiques s'organisent ainsi :

– l'exposition : premières scènes de la pièce qui présentent le genre, les enjeux et les personnages ;

– le nœud : moment où la tension est la plus forte. Le conflit éclate et aucune solution ne semble alors possible ;

– les péripéties : ensemble des actions qui modifient le cours des choses et font progresser l'intrigue vers son dénouement ;

– le dénouement : fin de la pièce où le « nœud » trouve sa résolution.

**Attention !**

On dit « **un** entracte Les entractes (entre actes !) permettaient changer les décors et bougies qui éclairaient salle.

### B. Le personnage

■ Le personnage de théâtre est un être fictif qui se construit à partir de ses paroles et des paroles des autres personnages. Son identité dépend du type de pièce.

■ Dans la comédie, les noms des personnages sont souvent symboliques. Dans la tragédie, les personnages sont tirés de la mythologie ou de l'histoire antiques. Dans les pièces contemporaines, certains personnages n'ont pas de nom.

*Ex. :* **Koltès** fait dialoguer « le Dealer » et « le Client » dans *Dans la solitude des champs de coton* (1985).

■ Les personnages se définissent aussi par leurs relations qui peuvent être amoureuses ou fondées sur la domination, notamment dans le couple maître-valet et ses avatars.

*Ex. :* Don Juan et Sganarelle chez **Molière**, les bonnes et Madame chez **Genet**, Hilda et Mme Lemarchand chez **Marie Ndiaye**.

# La représentation d'un texte théâtral

Fiche 45

À la différence du roman ou de la poésie, le théâtre est destiné à être joué. Comment le passage de la page à la scène s'opère-t-il ?

## 1 Les indices textuels

### A. Les didascalies

■ On peut lire une pièce de théâtre, mais il faut toujours garder à l'esprit que le texte porte en lui la promesse d'une représentation, comme en témoignent les didascalies. Elles peuvent avoir une valeur expressive lorsqu'elles renseignent sur des jeux de scène, la façon de prononcer telle ou telle réplique, etc. On distingue :

– les didascalies initiales qui énumèrent la liste des personnages au début de la pièce et précisent le nom de celui qui parle ;

– les didascalies fonctionnelles qui renseignent sur le décor, l'éclairage, etc.

■ Le lecteur lit les didascalies qui lui permettent d'imaginer la scène. Le metteur en scène, quant à lui, doit les respecter pour monter la pièce. Enfin, le spectateur n'en a pas connaissance. Il assiste simplement au résultat de la mise en scène, à leur traduction visuelle.

**Œuvre-clé**
***Acte sans paroles*** **(1957)**
Cette création de Beckett est un exemple très original de pièce ne présentant aucune parole : elle n'est constituée que de didascalies !

### B. Les autres formes d'indications scéniques

Si beaucoup de didascalies donnent des indications scéniques, certaines informations peuvent être données au sein de la parole d'un personnage. Ces indications ne sont pas, à proprement parler, des didascalies.

*Ex.* : Lorsque le personnage de Claire, dans *Les Bonnes* de **Genet** (1947), déclare : « *Il y a trop de fleurs. C'est mortel* », cela suppose que la chambre de Madame soit effectivement remplie de fleurs.

## 2 La mise en scène

### A. Le travail du metteur en scène

■ Le metteur en scène doit conserver le texte, mais il choisit :

– le lieu de la représentation (théâtre en plein air, à l'italienne, etc.) ;

– les costumes (d'époque ou contemporains, réalistes ou symboliques) ;

– le décor (accessoires, mobilier, cloisons, etc.) ;

– les intonations, la gestuelle, le placement des acteurs sur scène ;

– les effets de lumière et les bruitages (vidéos, effets spéciaux, etc.).

**À savoir**

Le dramaturge est l'aut[e] de pièces de théâtre tan[dis] que le metteur en scè[ne] est celui qui les fait jou[er].

*Ex.* : *En attendant Godot* (**Beckett**, 1952) s'ouvre sur cette didascalie : « *Route à la campagne, avec arbre.* » Les metteurs en scène qui ont présenté cette pièce ont fait des choix très variés pour figurer l'arbre : arbre en bois, en fer forgé, en plâtre, arbre symbolisé par un poteau électrique ou une plante verte, etc.

### B. Traduction ou trahison ?

■ Une mise en scène est toujours une interprétation du texte d'origine. Elle est censée traduire le texte mais peut prendre le risque de s'en éloigner et, donc, de le trahir.

■ Le fait de moderniser ou d'actualiser les costumes ou les décors donne à la pièce une dimension atemporelle.

■ Certains metteurs en scène nuancent le texte d'origine, sans pour autant trahir le sens profond de l'œuvre.

*Ex.* : En 2008, **Braunschweig** fait le choix d'une mise en scène grave du *Tartuffe* de Molière, pour mieux dénoncer les dangers de l'hypocrisie religieuse.

■ Au fil du temps, le metteur en scène de théâtre a acquis de plus en plus d'importance. On parle aujourd'hui volontiers de la « *Médée* de Martinelli » ou du « *Tartuffe* de Braunschweig ».

### C. Deux conceptions de la mise en scène

■ Antonin Artaud (1896-1948) théorise dans *Le Théâtre et son Double* (1938) la notion de « *théâtre de la cruauté* ». Selon lui, le théâtre doit retrouver une dimension sacrée et toucher tous les sens du spectateur. Le metteur en scène devient alors bien plus important que l'auteur.

■ Bertolt Brecht (1898-1956) s'oppose à l'idée que le théâtre doit imiter la réalité. Il préconise donc de détruire toute l'illusion théâtrale, tout ce qui cherche à « faire vrai », à travers le procédé de la distanciation. Par exemple, la mise en scène peut dévoiler la dimension factice du décor en présentant les machineries ou bien un personnage peut s'adresser au public et briser le quatrième mur. Cette distanciation amène le spectateur à ne jamais oublier qu'il est au théâtre et à réfléchir au rôle du théâtre au sein de la société.

# *Le Malade imaginaire*, Molière

Fiche 46

## 1 L'auteur

■ Après avoir entrepris des études de droit, Jean-Baptiste Poquelin (1622-1673) se tourne vers le théâtre et prend le nom de Molière. En 1643, il fonde la troupe de l'Illustre-Théâtre et part en tournée en province pendant plusieurs années. Il devient alors à la fois dramaturge, comédien et directeur de troupe.

■ En 1662, il crée *L'École des femmes* qui remporte un grand succès. Il compose ensuite des comédies parfois critiques, comme *Le Tartuffe* (1664) ou *Dom Juan* (1665) qui lui valent des accusations d'impiété et d'athéisme.

■ Malgré ses détracteurs, il conserve le soutien du roi et crée de nombreuses pièces dont des comédies-ballets et des farces.

**Comédie-ballet**
Genre théâtral inventé par Molière et Lully qui mélange comédie, musique et danse.

## 2 L'œuvre

### A. Contexte

■ *Le Malade imaginaire* est une comédie-ballet en trois actes écrite en prose et avec des intermèdes musicaux. Elle a été jouée pour la première fois en 1673, à Paris. Les musiques ont été composées par Marc-Antoine Charpentier. C'est la dernière pièce jouée par Molière avant sa mort : à la quatrième représentation, il vomit du sang sur scène et meurt le soir même.

■ Cette pièce familiale, qui reprend les thèmes habituels des comédies de Molière, fait également la satire des médecins. On y retrouve les personnages de la comédie classique : un père âgé et égoïste, de jeunes amoureux, une servante intelligente, une épouse cupide.

### B. Enjeux

■ Molière conçoit ses comédies-ballets comme des spectacles complets qui mêlent tous les arts : chant, danse, musique…

■ L'intrigue reprend tous les éléments de la mise en abyme (théâtre dans le théâtre) : les personnages se déguisent et changent d'identité. Cléante se fait passer pour un maître de musique, Louison et Argan feignent d'être morts, Toinette se déguise en médecin, Béline joue la bonne épouse amoureuse, Argan joue le rôle du malade.

■ Dans cette comédie satirique, Molière convoque tous les types de comique (gestes, caractère, mots, situation) et même la farce. Il critique les médecins, une de ses cibles favorites, ainsi que les pères autoritaires qui agissent contre l'intérêt et les sentiments de leurs enfants.

## 3 Spectacle et comédie

### A. Mettre en scène la comédie

■ Le spectacle vivant regroupe différents arts : le théâtre, la danse, le cirque, l'opéra… Le genre de la comédie-ballet n'a pas survécu à Molière mais de nombreux metteurs en scène proposent des mises en scène polymorphes, surtout depuis le XXe siècle.

■ Le comique de gestes repose sur les mimiques, les chutes, etc. Le comique de mots joue avec le langage. Le comique de caractère s'incarne dans des types de personnages. Le comique de situation est généré par l'intrigue : quiproquos, rebondissements, coups de théâtre. La farce repose sur des ressorts grossiers dans une intrigue simple. La mise en scène joue donc un rôle important dans l'effet comique : l'humour est souvent visuel et lire une comédie ne suffit pas.

### B. Œuvres-clés

| | |
|---|---|
| **Corneille, *L'Illusion comique* (1639)** | Modèle de la mise en abyme, cette tragi-comédie met en scène plusieurs intrigues enchâssées. Un père, Pridamant, rend visite au magicien Alcandre afin de retrouver son fils. Par la magie, il assiste au spectacle de la vie de son fils, Clindor, qui est comédien. |
| **Molière, *Le Médecin malgré lui* (1666)** | Sganarelle est forcé de se déguiser en médecin et doit soigner une jeune fille promise à un homme contre son gré. La pièce est une farce. |
| **Marivaux, *Le Jeu de l'amour et du hasard* (1730)** | Silvia se fait passer pour sa servante, Lisette, afin d'observer l'homme qu'elle doit épouser, Dorante. Mais celui-ci fait de même avec son valet, Arlequin. Cette comédie est une mise en abyme du théâtre, où chacun prétend être un autre. |
| **Beaumarchais, *Le Barbier de Séville* (1775)** | Pour séduire Rosie, le comte Almaviva se déguise, aidé de son ancien valet Figaro. Tous les personnages jouent un rôle afin de servir leurs intérêts. |

*À retenir !*

■ L'écriture dramaturgique est fortement liée à l'idée de représentation. La mise en scène est donc essentielle.

■ La comédie repose sur des ressorts très visuels qui relèvent souvent de la mise en abyme : le théâtre dans le théâtre.

■ La mise en scène peut emprunter à tous les genres du spectacle vivant.

# *Les Fausses Confidences*, Marivaux

Fiche 47

## 1 L'auteur

■ Marivaux (1688-1763), issu d'une famille de petite noblesse, se consacre très jeune à l'écriture. Journaliste et romancier (*La Vie de Marianne, Le Paysan parvenu*), il reste surtout dans les mémoires pour sa quarantaine de pièces.

■ Son œuvre connaît un succès très modeste de son vivant. Il faut attendre le romantisme, deux siècles plus tard, pour que son œuvre soit réhabilitée.

■ Héritier de Molière et des moralistes, il écrit des pièces comiques et satiriques qui révèlent un engagement politique en faveur de l'égalité et la liberté, comme dans *L'Île des esclaves* (1725).

## 2 L'œuvre

### A. Contexte

■ *Les Fausses Confidences* est une comédie en trois actes écrite en prose. Elle a été jouée pour la première fois en 1737, à cinq reprises seulement par manque de succès.

■ Cette pièce mêle comédie d'intrigue, comédie de mœurs à la manière de Molière et *commedia dell'arte* avec le personnage d'Arlequin. Elle est aussi fidèle à l'esprit de Marivaux, reconnaissable par son style enlevé ainsi que par les détours et la complexité de son intrigue.

**Citation**

*« Je lui reprocherais de trop détailler les passions et de manquer quelquefois le chemin du cœur, en prenant des routes un peu trop détournées. »* **Voltaire**, à propos de Marivaux.

■ La confidence est un secret partagé avec quelqu'un. Dans la pièce, les confidences sont fausses et font progresser l'intrigue par le biais des manipulations de langage de Dorante et de son valet Dubois.

### B. Enjeux

■ Dubois est un valet d'intrigue, sur lequel repose la mécanique de la pièce. Il parvient à ses fins grâce à sa fine connaissance des sentiments amoureux.

**À savoir**

En 1733, Marivaux écrit la pièce *Un Heureux Stratagème*.

■ Dans cette comédie du langage s'enchaînent les dialogues enlevés, les révélations, les bons mots d'Arlequin ou encore le pastiche du vocabulaire romanesque.

■ Les intrigues de mariage empêché qui sont traditionnelles dans la comédie de mœurs sont ici modernisées grâce au triomphe de l'amour sur les valeurs bourgeoises.

## 3 Théâtre et stratagème

### A. Le stratagème comme intrigue

■ Le stratagème est initialement une ruse employée pour gagner une guerre. Il est souvent à l'origine des intrigues de comédies. Dubois et Dorante utilisent une succession de ruses pour que ce dernier épouse Araminte. Chez Marivaux, le stratagème est mis au service de l'amour sincère alors que chez Molière, il permet de réfléchir sur la morale et l'hypocrisie (*Dom Juan, Tartuffe*).

■ Au théâtre, le stratagème repose sur la double énonciation : les intentions réelles des personnages stratèges sont inconnues de leurs victimes mais aisément déchiffrées par les spectateurs. Les mots ont donc un double sens. D'autres procédés de tromperie sont souvent utilisés par les stratèges : le travestissement, le mensonge, la corruption, la conspiration…

### B. Œuvres-clés

| | |
|---|---|
| **Molière, *Le Tartuffe* (1669)** | Tartuffe, un faux dévot, s'introduit dans la famille d'Orgon pour accaparer ses biens en épousant sa fille. Le stratagème hypocrite est ici mis au service du mal et de la critique des faux dévots. |
| **Beaumarchais, *Le Barbier de Séville* (1775)** | Pour séduire Rosie, le comte Almaviva enchaîne les déguisements (étudiant, soldat, maître de chant) aidé de son ancien valet Figaro. Tous les personnages jouent un rôle afin de servir leurs intérêts. L'intrigue repose sur ces stratagèmes comiques et leurs rebondissements. |
| **Alfred de Musset, *Lorenzaccio* (1834)** | Lorenzo, un noble florentin, se fait passer pour le compagnon de débauche du Duc afin de le tuer et de restaurer la République. Dans la tradition romantique, Lorenzo devient victime de son propre stratagème et éprouve une crise existentielle. |
| **Edmond Rostand, *Cyrano de Bergerac* (1897)** | Le mousquetaire Cyrano est amoureux de sa cousine Roxane qui aime Christian. Cyrano décide d'aider Christian à séduire Roxane en écrivant et en déclamant pour lui des vers d'amour. Toute la pièce repose sur ce stratagème qualifié de « généreuse imposture ». |

*À retenir !*

■ Le stratagème est une ruse élaborée reposant sur la double énonciation propre au théâtre.

■ Les stratagèmes sont surtout utilisés dans les comédies comme source de rebondissements comiques, mais aussi comme révélateurs de l'hypocrisie ou de dilemmes moraux.

# *Juste la fin du monde*, Lagarce

**Fiche 48**

## 1 L'auteur

- Jean-Luc Lagarce (1957-1995) est issu d'une famille modeste. Metteur en scène, comédien, directeur de troupe, il est aussi dramaturge. Traduit dans plusieurs langues, il est aujourd'hui le dramaturge contemporain français le plus représenté.
- Théâtre de l'intime, ses œuvres mettent en scène les difficultés de communication mais aussi la complexité des rapports au sein de la famille. La parole et les non-dits sont le moteur même de l'action théâtrale.
- En 1988, il apprend qu'il est séropositif. Son œuvre, à dimension autobiographique, évoque alors sa maladie. Il mourra du sida à l'âge de 38 ans.

**À savoir**

*Juste la fin du monde* a été porté à l'écran par Xavier Dolan qui a reçu, pour ce film, le Grand Prix du Festival de Cannes en 2016.

## 2 L'œuvre

### A. Contexte et résumé

- C'est en 1990, deux ans après avoir appris qu'il était infecté par le VIH, que Jean-Luc Lagarce écrit *Juste la fin du monde*.
- Dès le prologue, l'argument de la pièce est posé : après une longue absence, Louis revient voir sa famille pour annoncer qu'il est malade et va bientôt mourir. Le titre est à cet égard assez ironique, avec l'adverbe « juste » dans *Juste la fin du monde*.
- Le motif du retour de Louis dans sa famille évoque la parabole biblique du fils prodigue.

### B. Enjeux

- La difficulté à dire est centrale et constitue le moteur même de la pièce. En effet, la seule véritable action consiste dans le fait que Louis cherche à annoncer l'approche imminente de sa mort à sa famille. Les non-dits sont au cœur de cette pièce. On observe de très nombreuses répétitions, comme si la parole n'arrivait plus à progresser, aucun personnage ne parvenant à trouver les bons mots.
- Le tragique de la pièce réside dans l'impossibilité de Louis à délivrer son message à sa famille.

**Citation-clé**

*« Je décidai de retourner les voir […] / pour annoncer, / dire, / seulement dire, / ma mort prochaine et irrémédiable. »* Dès le prologue, le thème de la difficulté à dire est mis en avant.

■ Le retour de Louis dans la maison familiale ouvre sur les souvenirs où chacun interprète les paroles de l'autre, accuse, règle ses comptes. La pièce explore les faiblesses humaines et les complexités des rapports au sein de la famille.

## 3 Crise personnelle, crise familiale

### A. Mettre en scène les crises personnelle et familiale

■ La famille est la première cellule sociale dans laquelle se développe un individu. L'articulation entre les sphères personnelle et familiale interroge : comment être soi et trouver sa place au sein de sa famille ? Peut-on se libérer du poids du passé ?

■ La mise en scène de la crise a un intérêt dramatique : elle révèle aux spectateurs le mécanisme qui vient rompre l'équilibre au sein de la famille.

■ La crise, en tant que manifestation violente d'un déséquilibre, possède aussi un intérêt scénographique : comment représenter visuellement la rage, les cris, le désespoir, la solitude, la folie… ? Quels mots peuvent rendre compte de la force des émotions ressenties ?

### B. Œuvres-clés

| | |
|---|---|
| **Jean Anouilh, *Le Voyageur sans bagage* (1937)** | Gaston, de retour de la Première Guerre mondiale, est amnésique. Plusieurs familles le réclament. Pour échapper à son passé, il décide de cacher sa véritable identité. La pièce développe le thème du retour du fils qu'on trouve chez Lagarce. |
| **Wajdi Mouawad, *Incendies* (2003)** | À sa mort, la mère, Nawal, laisse à ses jumeaux, Jeanne et Simon, deux enveloppes : la première doit être donnée à leur père qu'ils croyaient mort et la seconde à un frère dont ils ignoraient l'existence. Cette quête des origines revient sur l'histoire de Nawal dans un pays en guerre du Moyen-Orient qui évoque le Liban. |
| **Joël Pommerat, *Cendrillon* (2011)** | Sandra, au chevet de sa mère mourante, interprète mal ses dernières paroles : Sandra comprend qu'elle ne doit jamais cesser de penser à sa mère, sous peine de la faire disparaître « pour de bon ». Sandra vit avec ce fardeau. Cette pièce, qui est une réécriture de *Cendrillon*, pose la question de la loyauté et de l'affranchissement vis-à-vis de sa famille. |

*À retenir !*

■ Le genre théâtral permet de rendre compte de la crise personnelle d'un personnage (par le monologue) mais aussi de la crise familiale (non-dits, mensonges…).

■ Le théâtre interroge et donne à voir la complexité des rapports au sein de la famille et ses répercussions sur l'individu.

# Les prolongements artistiques et culturels

Fiche 49

## 1 Spectacle et comédie

### A. En musique

■ Jean-Baptiste Lully (1632-1687) est surintendant de la musique du roi Louis XIV puis maître de musique de la famille royale. Son influence est déterminante sur la musique du Grand Siècle et il collabore plusieurs fois avec Molière pour des comédies-ballets, notamment pour *L'Amour médecin* (1665) et *Le Bourgeois gentilhomme* (1670). La musique n'est pas un simple ornement, elle participe au spectacle total voulu par Molière et apprécié par la Cour.

**Citation**

*« Le texte de théâtre est incomplet, illisible, sans la représentation qui achève de lui donner sens. »*
**Anne Ubersfeld**

■ Marc-Antoine Charpentier (1643-1704) est l'autre grand compositeur du XVIIe siècle. Il entre à la Cour grâce à Molière qui, fâché avec Lully, lui commande la musique du *Malade imaginaire*. La musique du *Malade imaginaire*, qui avait été perdue, a été rejouée pour la première fois dans son intégralité en 1990 par Les Arts Florissants.

### B. Mise en scène

En 2019, à Nantes, Clément Pouillot propose une mise en scène du *Malade imaginaire* qui reprend l'intention moliéresque de spectacle total. Le texte original est respecté, sauf celui des intermèdes. La musique n'est pas celle de Charpentier : un pianiste est présent sur scène et les acteurs proposent numéros de music-hall et de cirque, morceaux chantés et dansés… Les deux Diafoirus sont joués par le même acteur qui change de profil selon les répliques et dont le costume rappelle le travestissement de cabaret. Le sous-titre de la pièce a d'ailleurs été transformé de « comédie-ballet » à « cabaret médical ».

## 2 Théâtre et stratagème

### A. En peinture

■ Antoine Watteau (1684-1721), connu pour ses nombreux tableaux de fêtes galantes, a beaucoup représenté le théâtre et les comédiens sur scène, dans les coulisses, ou encore dans leurs costumes.

■ Fragonard (1732-1806) est un peintre de scènes galantes. Il est surtout connu pour *Le Verrou* et *L'Escarpolette*. En 1775, il peint

*La Lettre* qui représente une jeune femme dans un intérieur bourgeois en train de lire une lettre de son amant. Contrairement à Araminte, elle ne lit pas sa lettre en public mais son regard tourné vers le spectateur invite à la confidence et à l'indiscrétion.

### B. Mises en scène

- En 2015, Luc Bondy met en scène sa version des *Fausses Confidences* au théâtre de l'Odéon qu'il dirige. Isabelle Huppert incarne Araminte, une star de cinéma, et Louis Garrel est son secrétaire particulier.

- Alors que les acteurs jouent la pièce le soir, Luc Bondy les filme en journée dans des décors naturels et en tire un téléfilm posthume (2017). Sa version de la pièce est plus mélancolique et plus sombre.

## 3 Crise personnelle, crise familiale

### A. En peinture

- *La Famille Bellelli*, tableau réalisé par Degas en 1867, représente une mère, autoritaire et froide, posant avec ses deux filles, toutes trois en habit noir de deuil. Le père est de dos, sur la droite, à l'écart du trio féminin.

- Ce tableau représente les failles et crises de la famille bourgeoise : douleur du deuil, absence de communication, climat angoissant. Degas propose une vision originale, en contrepoint aux idéaux bourgeois de cette époque pour qui l'équilibre de la famille va de pair avec la réussite économique.

### B. Au cinéma

- Xavier Dolan a réalisé en 2016 une adaptation cinématographique de la pièce de Lagarce. Ce film franco-canadien a remporté le Grand Prix au festival de Cannes en 2016 puis trois Césars en 2017 : meilleur réalisateur, meilleur acteur et meilleur montage. Pour rendre compte du malaise et de la crise familiale et être au plus près des émotions des personnages, le réalisateur cadre en plans serrés.

- La musique originale a été composée par Gabriel Yared. Dolan voulait une musique répétitive pour marquer la fin de la scène de dispute, juste avant l'intermède. Le compositeur a proposé une adaptation du *Prélude en Do* de Bach. Au sens figuré, un « prélude » est censé annoncer quelque chose. De façon très ironique, ce « prélude » ne sera jamais suivi par la révélation de Louis.

# Les natures des mots

Fiche 50

On répertorie les mots selon leur nature dans des classes grammaticales. La nature est la « carte d'identité » d'un mot, ce qu'il est, peu importe le rôle qu'il joue dans la phrase. Un mot ne change jamais de nature, mais il existe des homonymes grammaticaux : ce sont des mots qui ont la même orthographe mais pas la même nature.

## 1 Les principales natures ou classes de mots

### A. Les classes de mots variables

| | | |
|---|---|---|
| **Nom** | commun | *Ex. :* enfant, bateau, générosité, etc. |
| | propre | *Ex. :* Allemagne, Victor Hugo, Saturne, etc. |
| **Déterminant** | article défini | • formes simples : le, la, les, l' (article défini élidé)<br>• formes contractées : au, du, aux, des, ès |
| | article indéfini | un, une, des (et « de » quand un adjectif est intercalé entre lui et le nom : « De gentils clowns m'ont fait rire. ») |
| | article partitif | du, de l', de la, des |
| | possessif | mon, ma, mes, ton, ta, tes, son, sa, ses, notre, nos, votre, vos, leur, leurs |
| | démonstratif | ce, cet, cette, ces |
| | interrogatif / exclamatif | *Ex. :* quel, quelle, quels, quelles, etc.<br>*(employés devant un nom)* |
| | indéfini | *Ex. :* aucun, autre, certain, chaque, plusieurs, etc.<br>*(employés devant un nom)* |
| | numéral cardinal | *Ex. :* un, deux, trois, quatre, etc.<br>*(employés devant un nom)* |
| | numéral ordinal | *Ex. :* premier, deuxième, etc., dernier.<br>*(employé devant un nom)* |
| **Adjectif** | verbal | *Ex. :* fatigant, provocant, etc. |
| | qualificatif | *Ex. :* beau, grand, gentil, etc. |
| **Pronom (remplace un nom ou un groupe )** | possessif | *Ex. :* le mien, la tienne, le sien, les leurs, etc. |
| | démonstratif | *Ex. :* ce, ça, ceux, celui-ci, celle-là, etc. |
| | interrogatif | *Ex. :* qui, que, quoi, lequel, lesquels, laquelle, etc. |
| | indéfini | *Ex. :* quelqu'un, personne, aucun, etc.<br>*(employés seuls)* |
| | numéral | *Ex. :* un, deux, trois, quatre, etc.<br>*(employés seuls)* |

| | | |
|---|---|---|
| **Pronom (suite)** | personnel | *Ex. :* je, moi, tu, te, il, lui, la, nous, elles, leur, etc. |
| | relatif | *Ex. :* qui, que, quoi, dont, où, lequel, auquel, duquel |
| **Verbe** | d'état ou attributif | *Ex. :* être, sembler, devenir, paraître, etc. *(se construisent avec un attribut du sujet)* |
| | transitif direct | *Ex. :* manger, regarder, acheter [quelque chose] *(se construisent avec un COD)* |
| | transitif indirect | *Ex. :* succéder à, téléphoner à, jouer de/du, etc. *(se construisent avec un COI)* |
| | intransitif | *Ex. :* dormir, démarrer, etc. *(n'acceptent ni COD ni COI)* |

### B. Les classes de mots invariables

| | | |
|---|---|---|
| **Adverbe** | de manière, temps, lieu, quantité, intensité, modalité | *Ex. :* lentement, demain, ici, beaucoup, tellement, peut-être, etc. |
| | de négation et d'affirmation | *Ex. :* ne... pas, ne... que, etc. |
| | interrogatif | *Ex. :* si, quand, pourquoi, comment, etc. |
| | de relation logique | *Ex. :* pourtant, toutefois, de plus, etc. |
| **Préposition** | *Ex. :* à, de, sur, chez, avant, après, pour, vers, grâce à, jusqu'à, moins de, par rapport à, près de, vis-à-vis de, etc. | |
| **Conjonction** | de coordination | mais, ou, et, donc, or, ni, car |
| | de subordination | *Ex. :* comme, quand, lorsque, puisque, que, si, quoique, etc. |

## 2 Deux homophones grammaticaux fréquents

### A. « Que »

- **Pronom interrogatif**. *Ex. :* **Que** me demandes-tu ? [= quoi]
- **Pronom relatif**. *Ex. :* La femme **que** j'ai rencontrée est astrophysicienne.
- **Adverbe interrogatif**. *Ex. :* **Que** ne l'avez-vous dit plus tôt ? [= pourquoi]
- **Adverbe de négation restrictive**. *Ex. :* Elle ne vient **que** le matin.
- **Conjonction de subordination**. *Ex. :* Je veux **que** tu arrives à l'heure en cours.

### B. « Si »

- **Nom commun**. *Ex. :* Le **si** bémol est difficile à faire sur ma harpe.
- **Adverbe interrogatif**. *Ex. :* Sais-tu **si** Laura ira à la chorale mardi soir ?
- **Adverbe d'affirmation**. *Ex. :* Tu ne veux pas de chocolat ? – **Si** !
- **Adverbe d'intensité**. *Ex. :* Ce garçon est **si** gentil !
- **Conjonction de subordination**. *Ex. :* **Si** tu le souhaites, nous irons au cinéma.

# Les fonctions

Fiche 51

La fonction est le rôle que joue le mot ou le groupe de mots dans la phrase.

Un même mot ou groupe de mots peut changer de fonction selon la façon dont il est employé dans la phrase.

## 1 Les fonctions liées au verbe

| | | |
|---|---|---|
| **Complément d'objet direct (COD)** | Il représente l'objet sur lequel s'exerce l'action du verbe. Il se rattache directement au verbe, sans préposition. | *Ex. :* Elle écrit **un livre**. |
| **Complément d'objet indirect (COI)** | Il représente l'objet sur lequel s'exerce l'action du verbe mais introduit par une préposition. | *Ex. :* Je parle à **ma mère**. |
| **Complément d'objet second (COS)** | C'est un COI qui désigne une personne lorsqu'il y a déjà un COD (pour les verbes qui ont pour sens « dire » et « donner »). | *Ex. :* Il offre des fleurs **à sa fiancée**. |
| **Complément d'agent** | Dans une phrase à la voix passive, il indique qui fait l'action exprimée par le verbe. Il est introduit par « par » ou « de ». | *Ex. :* Le bébé est lavé par **son père**. |
| **Attribut du sujet** | Avec les verbes d'état (« être », « sembler », « devenir », « paraître », etc.). | *Ex. :* Elle deviendra **une grande scientifique**. |
| **Attribut du COD** | Avec les verbes du type « juger », « estimer », « élire », etc. | *Ex. :* Toute la classe les [COD] a élus **délégués** [attribut du COD] à l'unanimité. |

## 2 Les fonctions liées au nom

| | | |
|---|---|---|
| **Déterminant** | Il est toujours placé avant le nom et appartient au groupe nominal **(voir fiche 50).** | |
| **Complément du nom** | C'est une expansion du nom, qui apporte une indication souvent introduite par une préposition. Il peut être un nom, un adverbe, un verbe ou une proposition. | *Ex. :* la mayonnaise **de Dijon** [nom] / Les gens **d'ici** [adverbe] sont accueillants. / J'ai acheté une machine **à laver** [verbe]. / La peur **que vous inspirez à vos élèves** [proposition] les empêche de progresser. |

| | | |
|---|---|---|
| **Nom apposé** | Le nom apposé marque une équivalence. Il ne faut pas le confondre avec le complément du nom.<br>Plusieurs constructions sont possibles. L'apposition peut :<br>– être introduite par la préposition « de » ;<br>– suivre le nom ;<br>– précéder le nom ;<br>– être séparée du nom par un signe de ponctuation. | *Ex. :* la ville de **Paris** [la ville = Paris] / la mayonnaise de **Dijon** [la mayonnaise ≠ Dijon, mais elle vient de Dijon : complément du nom].<br>*Ex. :* le royaume d'**Espagne**<br>*Ex. :* une femme **médecin**<br>*Ex. :* le **philosophe** Rousseau<br>*Ex. :* Élisabeth, **mon amie**, est journaliste. |
| **Épithète liée ou détachée** | C'est un adjectif qualificatif placé à côté du nom qu'il qualifie. | *Ex. :* l'**aimable** adolescent, les personnes **âgées**. |
| **Adjectif apposé (ou épithète détachée)** | L'adjectif est apposé quand il est séparé du nom par au moins une virgule et qu'on peut le déplacer dans la phrase. | *Ex. :* **Honteux** et **confus**, il jura qu'on ne l'y prendrait plus. |

## 3 Les autres fonctions

| | | |
|---|---|---|
| **Complément circonstanciel** | Complément non essentiel qui précise et nuance le sens, la pensée. Il peut être de lieu, de temps, de cause, de manière, de but, etc. | *Ex. :* Elle travaille **avec beaucoup de sérieux** [CC de manière] **pour réussir ses examens** [CC de but] **malgré ses difficultés** [CC de concession]. |
| **Complément de l'adjectif** | Il modifie le sens d'un adjectif. Il peut être un adverbe ou bien être introduit par une préposition. | *Ex. :* Je suis **très** [adverbe] fatigué. / Je suis fière **de toi**, tu peux être content **de tes efforts** [introduit par une prép.]. |
| **Complément de l'adverbe** | Il modifie le sens et donne des précisions sur un adverbe.<br>Il peut être :<br>– un adverbe qui vient en modifier un autre ;<br>– introduit par une préposition. | *Ex. :* Je suis **vraiment** très fatigué.<br>*Ex. :* Malheureusement **pour toi**, nous résilions ton contrat. |
| **Apostrophe** | Elle interpelle un être vivant ou personnifié. Elle peut être précédée d'une interjection *(Ô)*. | *Ex. :* **Céline !** Peux-tu venir m'aider ? |
| **Interjection** | Elle sert à exprimer une émotion ou une réaction soudaine et vive. | *Ex. :* Ah ! Oh ! Allons ! À la bonne heure ! |

# La conjugaison (1)

Fiche 52

Le verbe se conjugue. C'est un mot variable : il change de forme en fonction du nombre, de la personne, du temps et du mode.

## 1 Le classement des verbes

- On classe traditionnellement les verbes en 3 groupes, selon leur terminaison à l'infinitif.
- 1^er^ groupe : les verbes en *-er*, sauf « aller », sont réguliers et se conjuguent sur le modèle de « chanter ».
- 2^e^ groupe : les verbes en *-ir* qui ont une forme gérondive en *-issant*. Par exemple, « finir » (« en finissant ») mais pas « cueillir » (« en cueillant »).
- 3^e^ groupe : tous les autres verbes.

## 2 Les modes

Le mode est la manière d'exprimer le point de vue du locuteur sur l'énoncé.

### A. Les quatre modes personnels

- Les formes du verbe varient selon la personne.
- Indicatif : mode de l'affirmation, de la déclaration ou de l'interrogation.
- Subjonctif : mode utilisé dans les subordonnées pour marquer le désir, la nécessité, le doute, etc.
- Impératif : pour signifier l'ordre ou le conseil.
- Conditionnel : pour l'hypothèse, la condition, l'imaginaire, etc. et le futur dans le passé (discours rapporté).

**Attention !**
On utilise toujours le subjonctif après « bien que » : « Bien qu'il soit très grand, il n'a jamais voulu faire partie de l'équipe de basket. »

### B. Les trois modes impersonnels

- Les formes du verbe n'ont pas de personne.
- L'infinitif présent (« chanter ») ou passé (« avoir chanté »).
- Le participe présent (« chantant ») ou passé (« chanté »).
- Le gérondif : la préposition « en » + participe présent (« en chantant »).

## 3 La formation des temps

- Le temps donne toujours une indication chronologique (avant, après, etc.).
- Chaque mode possède des temps simples et des temps composés.
- À chaque temps simple correspond un temps composé qui est toujours formé de la même façon : auxiliaire conjugué au temps simple + participe passé.

*Ex. :* indicatif plus-que-parfait = auxiliaire à l'imparfait de l'indicatif + participe passé
subjonctif passé = auxiliaire au présent du subjonctif + participe passé

| | Temps simples | Temps composés |
|---|---|---|
| Indicatif | ***Présent***<br>j'aime<br>il aime | ***Passé composé***<br>j'ai aimé<br>il a aimé |
| | ***Imparfait***<br>j'aimais<br>il aimait | ***Plus-que-parfait***<br>j'avais aimé<br>il avait aimé |
| | ***Passé simple***<br>j'aimai<br>il aima | ***Passé antérieur***<br>j'eus aimé<br>il eut aimé |
| | ***Futur simple***<br>j'aimerai<br>il aimera | ***Futur antérieur***<br>j'aurai aimé<br>il aura aimé |
| Subjonctif | ***Présent***<br>que j'aime<br>qu'il aime | ***Passé***<br>que j'aie aimé<br>qu'il ait aimé |
| | ***Imparfait***<br>que j'aimasse<br>qu'il aimât | ***Plus-que-parfait***<br>que j'eusse aimé<br>qu'il eût aimé |
| Conditionnel | ***Présent***<br>j'aimerais<br>il aimerait | ***Passé 1re forme***<br>j'aurais aimé<br>il aurait aimé<br>***Passé 2e forme***<br>*(identique au subjonctif plus-que-parfait)* |

**Attention !**
Au subjonctif imparfait, il n'y a jamais de « -sse » à la 3e personne du singulier, contrairement aux autres personnes, mais toujours « ^-t ».

# La conjugaison (2)

Fiche 53

Chaque temps a une ou plusieurs valeurs qui peuvent être chronologiques (pour se situer dans le temps) ou sémantiques. Connaître ces valeurs permet d'analyser l'intention du locuteur et les effets d'un texte.

**Sémantique**
Étude du sens des mots.

## 1 Les valeurs du présent et du futur

### A. Le présent

■ Le présent de narration permet de relater au présent des faits du récit au passé et renforce l'effet dramatique.

**Ex. :** *« On **défait** de son emballage de papier brun une grande boîte de carton, on **enlève** le couvercle, les papiers de soie, et on **découvre** couchée, les yeux fermés, une énorme poupée… »*

**Sarraute**, *Enfance*, 1983.

■ Le présent d'énonciation marque la prise de parole du narrateur.

**Ex. :** *« Je **tourne** une page de l'album ; maman tient dans ses bras un bébé qui n'est pas moi. »*

**De Beauvoir**, *Mémoires d'une jeune fille rangée*, 1958.

■ Le présent de vérité générale.

**Ex. :** *« Pour chaque homme, sa mort **est** un accident et, même s'il la **connaît** et y **consent**, une violence indue. »*

**De Beauvoir**, *Une mort très douce*, 1964.

■ Le temps présent peut également exprimer un futur proche (le verbe est au présent, l'action se passe juste après le moment où le narrateur parle).

**Ex. :** *« Adieu, ma chère, demain je **pars**. »*

**Balzac**, *Scènes de la vie privée*, 1830.

■ Le passé récent (l'action se passe juste avant le moment où le narrateur parle), par exemple avec les périphrases verbales.

**Ex. :** *« Tu **viens** de faire un long chemin. »*

**Musset**, « À une fleur », 1838.

### B. Le futur et le futur antérieur

■ Le futur peut avoir une valeur modale injonctive (ordre), de promesse ou d'indignation.

**Ex. :** *« C'est bien, – fit Néron, – mais désormais tu* ***feras*** *couper la langue aux chrétiens, ou bien tu les* ***feras*** *bâillonner. »*

**Sienkiewicz**, *Quo Vadis*, 1896.

■ Le futur antérieur peut marquer l'antériorité dans le futur ou une hypothèse.

**Ex. :** *« Il* ***aura*** *sans doute* ***vu*** *Tomaso et lui* ***aura acheté*** *ce mensonge. »*

**Mérimée**, *Colomba*, 1840.

## 2 Les valeurs des temps du passé

### A. L'imparfait

■ L'imparfait désigne une action passée de durée non limitée ou d'arrière-plan. On distingue :

– l'imparfait d'habitude (désigne une action qui se répète dans le passé) ;

**Ex. :** *« Le soir, quand le maître, découragé,* ***jetait*** *ses pinceaux au sol, il les* ***ramassait****. »*

**Yourcenar**, « Comment Wang-Fô fut sauvé », *Nouvelles orientales*, 1938.

– l'imparfait de description.

**Ex. :** *« Elle aussi* ***portait*** *un chapeau de paille d'où* ***sortaient*** *quelques mèches d'un châtain roux. »*

**Duras**, *Un barrage contre le Pacifique*, 1950.

### B. Le passé simple

■ Le passé simple désigne une action passée de durée limitée ou de premier plan.

**Ex. :** *« L'empereur et sa suite* ***s'arrêtèrent*** *quelques jours en Commagène pour des fêtes triomphales. »*

**Yourcenar**, *Mémoires d'Hadrien*, 1951.

■ Le passé simple indique une succession d'actions passées.

**Ex. :** *« Lucius* ***se plaignit*** *du poids du bouclier de bronze. Au bout de quelques secondes, il* ***s'arrêta*** *hors d'haleine et* ***s'effondra****. »*

*Ibid.*

# Les propositions

Fiche 54

Le verbe est toujours le noyau de la proposition, et on compte en général autant de verbes que de propositions.

## 1 Les propositions et leurs enchaînements

### A. Les trois types de propositions

■ La proposition indépendante ne dépend d'aucune proposition et n'en a aucune sous sa dépendance.

*Ex. :* Myriam est assise à son bureau.
[prop. indépendante]

**Rappel**
Une phrase simple ne contient qu'une seule proposition ; une phrase complexe en contient plusieurs.

■ La proposition principale est une proposition dont dépend au moins une subordonnée, parfois plusieurs.

*Ex. :* Myriam est assise au bureau [**que** son père vient de lui acheter].
[prop. principale] [prop. subordonnée]

■ La proposition subordonnée dépend d'une autre proposition, qui peut être la principale ou une autre subordonnée.

*Ex. :* Myriam est assise au bureau [**que** son père, [**qui** est très soucieux de sa
[prop. principale] [prop. sub. 2 enchâssée]
réussite], vient de lui acheter].
[prop. sub. 1]

### B. Les enchaînements possibles

■ La subordination enchaîne une principale et une subordonnée.

■ Entre des indépendantes, des principales ou des subordonnées, on trouve deux autres types d'enchaînements :

– la juxtaposition : les propositions sont placées côte à côte, sans mot d'enchaînement, généralement séparées par une virgule ;

*Ex. :* César s'exclama [qu'il était venu], [qu'il avait vu], [qu'il avait vaincu].
[prop. princ.] [prop. sub. 1] [prop. sub. 2] [prop. sub. 3]

– la coordination : les propositions s'enchaînent grâce à une conjonction de coordination *(mais, ou, et, donc, or, ni, car)*.

*Ex. :* [Henri aime beaucoup la glace] [**donc** il en réclame sans cesse].
[prop. indépendante 1] [prop. indépendante 2]

## 2 Les subordonnées complétives

Une subordonnée complétive joue, dans la phrase, une fonction de complément essentiel.

### A. La subordonnée conjonctive par « que » ou « ce que »

■ Cette subordonnée est introduite par la conjonction de subordination « que » ou « ce que ».

■ Elle peut dépendre d'un verbe dont elle est COD, COI ou sujet.

*Ex. :* Je voudrais [**que** tous les enfants aient accès aux mêmes droits].

Je m'attends à [ce que tous les participants arrivent à l'heure].

[**Que** cet élève échoue au bac] serait une très mauvaise surprise.

■ Elle peut dépendre d'un nom ou d'un adjectif : elle est alors complément du nom ou de l'adjectif.

*Ex. :* Je suis épatée par le fait [**que** tu puisses improviser aussi facilement !]

Je suis sûr [**que** tu réussiras brillamment !]

### B. L'infinitive

■ L'infinitive est construite autour d'un verbe à l'infinitif.

■ Le sujet du verbe à l'infinitif doit être différent du sujet de la principale.

*Ex. :* Je vois [les enfants **jouer**].

## 3 La subordonnée relative

### A. Le principe de la relative

■ Elle est introduite par un pronom relatif **(voir fiche 50).**

■ Elle est parfois substantive (remplaçable par un nom et sans antécédent) mais le plus souvent elle est adjective (remplaçable par un adjectif) et complète le sens de son antécédent.

*Ex. :* [**Qui** va à la chasse] perd sa place.

→ La relative substantive sans antécédent est sujet de « perd ».

J'aime beaucoup les deux livres [**que** tu m'as conseillés].

→ La relative adjective est complément de l'antécédent « livres ».

### B. La fonction du pronom relatif

Le pronom relatif a toujours une fonction à l'intérieur de la proposition relative. Il peut être COD, COI, sujet, etc.

*Ex. :* J'aime beaucoup les deux livres [**que** tu m'as conseillés].

→ Tu m'as conseillé quoi ? Ces deux livres. « Que » est COD de « as conseillés ».

# La grammaire à l'oral du Bac

Fiche 55

Lors de l'épreuve orale du Bac, une question de grammaire est systématiquement posée au candidat. Elle porte sur une de ces trois notions au programme.

## 1 Les subordonnées conjonctives utilisées en fonction de compléments circonstanciels

Les subordonnées circonstancielles sont fréquemment introduites par une conjonction de subordination (un seul mot) ou par une locution conjonctive (plusieurs mots). Elles sont de sept types.

| | |
|---|---|
| **Circonstancielle de but** | *Ex. :* Jeanne devra faire preuve de beaucoup de patience [**pour que** son nouvel ami l'accepte enfin comme confidente]. |
| **Circonstancielle de cause** | *Ex. :* Je ne sortirai pas demain [**parce qu'**ils prévoient du mauvais temps]. |
| **Circonstancielle de conséquence** | *Ex. :* Ils prévoient du mauvais temps demain, [**si bien que** je ne sortirai pas]. |
| **Circonstancielle de temps** | *Ex. :* Laura aime bien observer l'océan déchaîné [**quand** la tempête fait rage]. |
| **Circonstancielle d'hypothèse ou de condition** | *Ex. :* [**Si** Roméo et Juliette avaient été plus discrets], la pièce se serait peut-être mieux terminée. |
| **Circonstancielle de concession** | *Ex. :* [**Bien que** Catherine ait terminé plus tôt que prévu sa réunion], elle est en retard pour son rendez-vous suivant. |
| **Circonstancielle de comparaison** | *Ex. :* Je te soutiendrai [**comme** tu m'as toujours soutenu]. |

## 2 L'interrogation

### A. Interrogatives directe et indirecte : transposition

| Interrogative directe | Interrogative indirecte |
|---|---|
| Elle peut avoir un **verbe introducteur** suivi de **deux-points** et éventuellement de **guillemets**.<br>*Ex. :* L'homme demanda : « Qui est là ? ». | Elle a **toujours** un **verbe** introducteur.<br>*Ex. :* L'homme demanda qui était là. |
| Elle se termine toujours par un **point d'interrogation**.<br>*Ex. :* Comment vas-tu ? | Elle ne se termine **jamais** par un **point d'interrogation**.<br>*Ex. :* Elle lui demanda comment il allait. |
| Elle peut être introduite par ***est-ce que***.<br>*Ex. :* Est-ce que tu viendras ? | ***Est-ce que*** est remplacé par ***si***.<br>*Ex. :* Il se demandait si elle viendrait. |

| | |
|---|---|
| Elle peut avoir un **sujet inversé**.<br>*Ex.* : Quand viendras-tu ? | Elle n'a **jamais** de **sujet inversé**.<br>*Ex.* : Je me demandais quand tu viendrais. |

### B. L'interrogative indirecte

■ L'interrogative indirecte est une proposition complétive qui dépend d'une proposition principale construite avec un verbe du type « se demander », « ignorer » et d'autres formes négatives comme « ne pas savoir ».

**À savoir**

Une subordonnée interrogative indirecte peut dépendre d'une principale interrogative directe : « Sais-tu [s'il arrivera à l'heure] ? »

■ Elle est introduite par un adverbe interrogatif (« si », « pourquoi ») ou un pronom interrogatif (« qui », « que », « quoi », « lequel » et ses dérivés) ou un déterminant interrogatif (« quel » et ses dérivés).

*Ex.* : Jasmine et Héloïse ne savent pas encore [**qui** participera à leur course d'orientation].

## 3 La négation

La négation peut porter sur le mot ou sur la phrase.

■ La négation lexicale porte sur le mot. Elle est formée avec des préfixes.

*Ex.* : la non-violence, asymétrique, impassible, illogique…

■ La négation grammaticale est une forme de phrase qui s'oppose à la forme affirmative. Il faut alors regarder la portée de la négation :

| Forme | Construite avec… | Exemples |
|---|---|---|
| **Négation totale** | *ne… pas, ne… plus*<br>Elle porte sur toute la proposition. | *Ex.* : « Tu ne veux pas te nommer joie »<br>Victor Hugo, « À celle qui est voilée », *Les Contemplations*, 1856. |
| **Négation partielle** | un déterminant + *ne*<br>un pronom + *ne*<br>Elle porte sur une partie de la proposition. | *Ex.* : « Une mer qu'aucun bord n'arrête / S'étendait bleue à l'horizon »<br>Alphonse de Lamartine, *Méditations Poétiques*, 1820.<br>*Ex.* : « Rien n'égale votre puissance, / Sinon votre fragilité.<br>Alfred de Musset, *Poésies nouvelles*, 1850. |
| **Négation restrictive** | *ne… que*<br>Elle équivaut à « seulement » ou « uniquement ». | *Ex.* : « Et vos grands cils émus, de leur aile inquiète, / Ne voilent qu'à demi leur vif rayonnement. »<br>Théophile Gautier, « À deux beaux yeux », *La Comédie de la mort*, 1838. |

# Astuces pour écrire sans fautes

Fiche 56

## 1 Les homophones grammaticaux

| J'hésite entre : | Si : | Je choisis : |
|---|---|---|
| *a* et *à* | • je peux remplacer par « avait »<br>• je ne peux pas remplacer par « avait » | → a<br>→ à |
| *ça* et *sa* | • je peux remplacer par « cela »<br>• je peux remplacer par « ma » | → ça<br>→ sa |
| *ce* et *se* | • je peux remplacer par « cela »<br>• le mot est entre le sujet et son verbe | → ce<br>→ se |
| *on* et *ont* | • je peux remplacer par « nous »<br>• je peux remplacer par « avaient » | → on<br>→ ont |
| *ou* et *où* | • je peux remplacer par « ou bien »<br>• je ne peux pas remplacer par « ou bien » | → ou<br>→ où |
| *or* et *hors* | • je peux remplacer par « mais »<br>• je peux remplacer par « sauf » ou « dehors » | → or<br>→ hors |
| *son* et *sont* | • je peux remplacer par « le sien »<br>• je peux remplacer par « étaient » | → son<br>→ sont |
| *censé* et *sensé* | • je peux remplacer par « intelligent », « qui a du bon sens »<br>• je peux remplacer par « supposé » | → sensé<br>→ censé |
| *leur* et *leurs* | • le mot est devant un verbe<br>• le mot est devant un nom | → leur (invariable)<br>→ leur(s) (s'accorde avec le nom) |
| *quoique* et *quoi que* | • je peux remplacer par « bien que »<br>• je peux remplacer par « peu importe ce que » | → quoique<br>→ quoi que |
| *quand* et *quant* | • je peux remplacer par « lorsque » ou « à quel moment »<br>• je peux remplacer par « en ce qui concerne » | → quand<br>→ quant |
| *quelquefois* et *quelques fois* | • je peux remplacer par « parfois »<br>• je peux remplacer par « plusieurs fois » | → quelquefois<br>→ quelques fois |
| *quelques* et *quel que* | • je peux remplacer par « plusieurs »<br>• je peux remplacer par « peu importe » | → quelques<br>→ quel(les) que |

## 2 Le cas de « tout »

■ Quand « tout » est déterminant, il est placé devant un groupe nominal et s'accorde en genre et en nombre avec ce qui suit.

*Ex. :* Toute la foule, tous les enfants.

■ Quand « tout » peut être remplacé par « toutes les choses », il est invariable.

*Ex. :* J'ai tout vu. Tout me fatigue.

■ Quand « tout » représente un groupe de personnes, on écrit « tous » pour le masculin (le *-s* final s'entend à l'oral) et « toutes » pour le féminin.

*Ex. :* Tous sont venus. Toutes étaient présentes.

■ Quand « tout » peut être remplacé par « complètement, très » et qu'il est devant un adjectif, il ne s'accorde que si l'adjectif est au féminin et commence par un son-consonne.

*Ex. :* Ils sont tout contents. Elles sont toutes contentes. Elle est tout étonnée.

## 3 Singulier ou pluriel ? Féminin ou masculin ?

■ Après « sans », on accorde selon le sens et la logique.

*Ex. :* Un ciel sans nuages. / Un homme sans chapeau.

■ « Tel » s'accorde avec ce qui suit, mais « tel que » s'accorde avec ce qui précède.

*Ex. :* Telle mère, tel fils. / Cette fille est telle que son père.

**Attention !**

« Sans faute » = à co
sûr et « sans fautes »
sans aucune faute.

■ « Aucun », « aucune » sont toujours suivis du singulier, sauf si le mot n'a pas de singulier.

*Ex. :* Aucune personne, aucun problème, aucunes fiançailles.

■ « Chaque » est toujours suivi du singulier.

## 4 Erreurs relatives aux verbes

■ « Fait » suivi d'un infinitif est toujours invariable.

*Ex. :* Elle s'est fait gronder. Elles se sont fait mouiller par la pluie.

■ Les verbes du 1er groupe (en *-er*) ne prennent pas de *-s* à l'impératif.

*Ex. :* Chante-moi une chanson. Regarde-moi.

■ Seul le masculin singulier du participe passé du verbe « devoir » prend un accent *(dû, due, dus, dues).*

# La ponctuation

Fiche 57

La ponctuation désigne un système de signes graphiques marquant des relations syntaxiques ou des faits d'intonation. Elle est codifiée mais offre aussi un espace de liberté pour les auteurs. Elle permet de faciliter la lecture, de donner du sens et de créer des effets stylistiques.

## 1 Les marques de ponctuation

### A. Bref historique

| | |
|---|---|
| **Antiquité** | Pas (ou très peu) de signes de ponctuation. La *scriptio continua* (« écriture continue ») est très utilisée : les mots ne sont pas séparés. |
| **Du Moyen Âge au XV$^{e}$ siècle** | Quelques rares signes de ponctuation sont utilisés pour aider le chanteur ou l'orateur à marquer certaines pauses. |
| **XVI$^{e}$ siècle** | C'est l'invention de l'imprimerie : les imprimeurs mettent en pages les textes. Ils utilisent les signes [,] [;] [:]. |
| **XVIII$^{e}$ siècle** | La ponctuation se développe (marques du discours rapporté). |
| **XIX$^{e}$ siècle** | Les normes typographiques se précisent. |
| **XX$^{e}$ et XXI$^{e}$ siècles** | On compte une dizaine de signes de ponctuation. Leur utilisation est très codifiée. |

### B. Structurer un texte écrit

■ La ponctuation cherche à retranscrire sur la page les pauses faites à l'oral. Elle aide à mieux comprendre un texte et sert à le structurer.

■ Elle joue un rôle de démarcation :

– entre deux mots : le trait d'union ;

– au sein d'une même phrase : [,] [;] [:] ;

– entre deux phrases : les différents points [.] […] [?] [!].

■ La ponctuation peut créer une rupture (le point en fin de phrase) ou permettre un enchaînement (le deux-points qui annonce un exemple).

■ La ponctuation donne du sens. En effet, une même phrase peut avoir un sens totalement différent en fonction de sa ponctuation.

## 2 Les effets stylistiques

### A. Ponctuation et rythme

La ponctuation marque des pauses avec le point (pause longue), le point-virgule (pause moyenne) et la virgule (pause brève).

**Ex. :** L'écriture de **Duras** est très « sèche » dans *Le Ravissement de Lol V. Stein*. Les phrases courtes créent un effet haché qui renforce le sentiment de vide : « *L'orchestre cessa de jouer. Une danse se terminait. La piste s'était vidée lentement. Elle fut vide.* »

### B. Ponctuation et émotions

- La ponctuation marque également le type de phrase (déclaratif, interrogatif, exclamatif) et permet de transmettre une émotion, de varier les intonations de lecture.
- L'interrogation marque la question, le doute, parfois l'indignation.
- L'exclamation rend compte d'une large gamme d'émotions, de la colère à la joie.
- La ponctuation forte se marque par l'utilisation de nombreux points d'exclamation et d'interrogation. Elle indique une grande expressivité.

**Ex. :** « *Dis ? Mon âme ? Où est-elle ? Qui est-elle ? Que fait-elle ?* […] *À quoi ressemble-t-elle ? À une gousse d'ail que l'on écrase dans un mortier ou à un balai que l'on remise derrière une porte ?* »

**Chraïbi**, *La Civilisation, ma Mère !...*, 1972.

## 3 La ponctuation : un espace de liberté

### A. Un effet de style

Tout écart par rapport aux codes et tout emploi original d'une ponctuation doivent être envisagés comme un effet de style voulu par l'auteur.

**Citation**

*« On a dit, "Le style, c'e l'homme." La ponctuati est encore plus l'homr que le style. »*

**George San**

**Ex. :** Dans *Corniche Kennedy* (2008), **Maylis de Kerangal** enlève toutes les ponctuations qui permettent de rapporter des paroles. Cela renforce le naturel de la conversation et le mélange des voix : « [Eddy] *annonce d'une voix ferme ouais, ouais, alors on est pareils, t'as qu'à me suivre* […]. *La fille l'interroge, t'as peur alors ?* »

### B. L'absence de ponctuation

Certains auteurs, notamment des poètes, suppriment la ponctuation, renforçant la fluidité du texte.

**Ex. :** Apollinaire a proposé une version du « Pont Mirabeau » sans ponctuation.

# Étudier les mots

Fiche 58

Les mots constituent la matière première de tout texte. Ils peuvent être étudiés isolément (étymologie, définitions d'un dictionnaire) mais ils font surtout sens dans un contexte particulier. Ils doivent alors être envisagés dans leurs rapports aux autres mots. L'étude des mots et des liens entre eux constitue alors une entrée pertinente dans l'analyse d'un texte. Elle offre la possibilité d'explorer les thématiques abordées, la structure du texte, mais aussi l'originalité d'un style, etc.

## 1 Les notions essentielles

| | | |
|---|---|---|
| **Famille de mots** | Ensemble de mots qui ont un même radical. | *Ex. :* un voyage, voyager, un voyageur, un voyagiste |
| **Synonyme** | Qui a un sens identique ou très voisin. | *Ex. :* généreux, bon, charitable |
| **Antonyme** | Mot de sens opposé à un autre. | *Ex. :* ombre/lumière |
| **Homonymes** | Se dit des mots de même orthographe (homographes) ou de même prononciation (homophones), mais qui ont des significations différentes. | *Ex. :* Les religieuses vivent au **couvent**. / Les poules **couvent** leurs œufs. (Les mots « couvent » sont des homographes non homophones.) |
| **Polysémie** | Pluralité de sens d'un mot. | *Ex. :* « Voler » peut désigner le fait de se déplacer par les airs ou celui de prendre ce qui ne nous appartient pas. |
| **Néologisme** | Mot créé avec un sens nouveau. | *Ex. :* Dans *Vipère au poing*, **Hervé Bazin** a inventé le mot « cleftomanie » pour désigner la manie de tout fermer à clé. |
| **Mot-valise** | Mot créé à partir de 2 mots. | *Ex. :* « Adulescent » vient de « adulte » et « adolescent ». |

## 2 Le sens des mots

### A. Le sens propre et le sens figuré

- Le sens propre désigne le sens premier d'un mot, qui est souvent concret. C'est le sens le plus courant.
- Le sens figuré désigne un sens dérivé du sens premier ; il est souvent plus abstrait et plus imagé. Le contexte permet de dire dans quel sens le mot est utilisé.
- Les auteurs peuvent jouer avec ce double sens : ils font alors un jeu de mots.

***Ex. :*** Dans *La Jalousie* de **Robbe-Grillet**, le mot utilisé comme titre du roman désigne à la fois le sentiment du mari qui soupçonne sa femme de le tromper et les « jalousies » (sortes de fenêtres avec persiennes) à travers lesquelles il l'espionne.

### B. La connotation et la dénotation

■ La connotation représente l'ensemble des sens seconds qui s'ajoutent au sens premier du mot (qu'on appelle « dénotation »).

***Ex. :*** « Mère » et « maman » ont le même sens mais la connotation est différente : « maman » est beaucoup plus familier et marque une certaine intimité.

■ La connotation peut être méliorative ou péjorative. Elle peut aussi être subjective puisqu'elle dépend de chacun et de sa culture. Certains suffixes apportent une connotation négative (« -asse », « -ot »).

## 3 Les réseaux de mots

### A. Le champ lexical

■ Dans un texte, plusieurs mots peuvent se rapporter au même champ lexical, c'est-à-dire au même domaine de sens. Celui-ci donne une cohérence thématique au texte et permet souvent d'identifier sa tonalité.

### B. Les répétitions

■ Parfois, les mots sont répétés. Cela aussi est voulu par l'auteur et crée toujours un effet d'insistance. Pour qu'il y ait répétition, il faut que le mot soit repris à l'identique.

■ Quand le mot répété a subi une variation (singulier/pluriel, changement du temps d'un verbe, etc.), on parle de polyptote.

**Attention !**

En analyse de texte, l simple relevé d'un cham lexical n'est d'aucun utilité. Il faut observer le mots choisis et se deman der dans quelle mesure c choix est original.

# La tonalité d'un texte

Fiche 59

Étudier la (ou les) tonalité(s) d'un texte revient à se placer du côté du lecteur et à analyser les émotions suscitées par le texte. La tonalité constitue donc un **outil d'analyse littéraire**.

## 1 Définition

### A. Tonalité et émotions

■ La **tonalité** (ou registre) se définit comme l'**effet qu'un texte produit sur son lecteur**, et en particulier l'**émotion** suscitée. La palette émotionnelle est très large : la tonalité comique vise à faire rire, la tonalité épique suscite l'admiration, la tonalité polémique indigne, etc.

■ La tonalité est en lien direct avec le **contenu** de l'œuvre et les thématiques abordées (la souffrance pour le pathétique, l'amour pour le lyrique, etc.) mais, surtout, avec le **style** et la **manière dont le thème est traité**.

**Ex. :** Dans sa tirade du nez, Cyrano propose des variations sur un même thème, à savoir la longueur démesurée de son appendice :

**Attention !**
Un même thème peut se présenter sous différentes tonalités.

« **CYRANO** – […] *Lyrique : "Est-ce une conque, êtes-vous un triton ?"*
*Naïf : "Ce monument, quand le visite-t-on ?"*
*Respectueux : "Souffrez, monsieur, qu'on vous salue,*
*C'est là ce qui s'appelle avoir pignon sur rue !"*
*Campagnard : "Hé, ardé ! C'est-y-un nez ? Nanain !*
*C'est queuqu'navet géant ou ben queuqu'melon nain !"* »

**Rostand**, *Cyrano de Bergerac*, I, 4, 1897.

### B. Identifier la tonalité d'un texte

■ Identifier une tonalité permet de **savoir quelle émotion** l'auteur a cherché à déclencher chez son lecteur et **pourquoi**.

**Ex. :** Dans *Les Misérables*, **Hugo** décrit Fantine avec une tonalité pathétique. Très pauvre, elle est obligée de se prostituer pour élever sa fille Cosette. Le lecteur, ému, est d'autant plus sensible au tableau de la misère.

■ Identifier une tonalité, c'est aussi **être sensible au texte** et à l'écoute des émotions ressenties. L'identification passe souvent d'abord par une **intuition** à laquelle il faut faire confiance : si vous êtes ému(e) ou que vous ressentez un malaise en lisant un texte, dites-vous que cela est très certainement voulu par l'auteur. Une fois la tonalité identifiée, il faut trouver les preuves en relevant et en analysant les procédés propres à cette tonalité.

■ Bien identifier une tonalité permet d'inscrire l'auteur dans une tradition (il n'est pas le seul à utiliser cette tonalité) pour mieux distinguer l'originalité de son style.

## 2 Les pièges à éviter

### A. Tonalité et genre

■ Il ne faut pas confondre la tonalité d'un texte (émotions suscitées, registre) et le genre du texte (roman, comédie, essai, etc.).

■ Bien sûr, certains genres privilégient une tonalité (par exemple, la tonalité comique vient de la comédie, la tonalité tragique de la tragédie et la tonalité épique de l'épopée), mais les tonalités ne se limitent jamais à un seul genre. Certains genres ont même disparu alors que les tonalités dont ils sont issus subsistent. C'est le cas de l'épopée ou de la tragédie qui n'existent plus à proprement parler mais dont les tonalités tragiques et épiques sont encore très fortement utilisées dans les œuvres contemporaines.

**Attention !**
La tragédie est un gen[re] mais le tragique est u[ne] tonalité.

**Ex. :** *« Zama sera donc le nom de sa victoire ou de sa défaite. Il est temps de savoir. Il donne l'ordre de lancer l'assaut et les quatre-vingts éléphants chargent, excités par leurs cornacs. »*

**Gaudé**, *Écoutez nos défaites*, 2016.

### B. Une identification difficile

■ Le classement des textes selon leurs tonalités a son utilité, mais il comporte des limites :

- la frontière entre deux tonalités est parfois floue, ce qui rend l'identification difficile (proximité entre les tonalités lyrique et élégiaque, pathétique et tragique) ;
- plusieurs tonalités peuvent cohabiter au sein d'un même texte.

**Ex. :** L'*excipit* de *Thérèse Raquin*, roman naturaliste de **Zola**, décrit avec précision le suicide des deux amants sous les yeux de la mère Raquin et relève à la fois du réalisme, du tragique (évocation de la fatalité et utilisation du terme « *dénouement* », propre au théâtre) et du fantastique (allusion aux lumières « *jaunâtres* »).

# La tonalité comique

Fiche 60

La tonalité comique suscite le rire. La palette d'émotions liées au comique est très large : elle va du trait d'esprit raffiné qui fait sourire au rire franc.

## 1 Le comique

### A. Un art du décalage

■ La tonalité comique cherche à faire rire le lecteur/spectateur, mais il est parfois difficile d'analyser les ressorts du comique, c'est-à-dire ce qui permet de déclencher le rire. Le comique repose sur un effet de décalage et il existe autant de formes de comiques qu'il existe de décalages :

> **Citation**
>
> *« FIGARO – Je me presse de rire de tout, de peur d'être obligé d'en pleurer. »*
>
> **Beaumarchais,** *Le Barbier de Séville*, 1775.

– entre une situation sérieuse et un propos léger ;

***Ex.*** **:** Deux couples de parents se retrouvent parce que leurs fils se sont battus. Le comique tient ici au décalage entre le thème léger du clafoutis d'Annette et la raison de l'entrevue des parents :

« ***VÉRONIQUE*** – *Un aménagement du clafoutis picard. Pour être honnête, je le tiens de sa mère.*

***ALAIN*** – *Pain d'épice, délicieux… Au moins ça nous permet de découvrir une recette.*

***VÉRONIQUE*** – *J'aurais préféré que mon fils ne perde pas deux dents à cette occasion.* »

**Yasmina Reza,** *Le Dieu du Carnage*, 2007.

– entre le propos et la façon de le raconter ;

– entre une situation attendue et son résultat (effet de surprise) ;

***Ex.*** **:** Momo raconte la piqûre à Mme Rosa : « *Il est venu faire la piqûre à Mme Rosa mais ça a failli mal tourner parce qu'il s'était trompé d'ampoule et il avait foutu dans le cul de Mme Rosa la ration d'héroïne qu'il se réservait pour le jour où il aurait fini sa désintoxication.* »

**Émile Ajar** (Romain Gary), *La Vie devant soi*, 1975.

– entre le propos explicite et le sous-entendu implicite.

### B. Les fonctions

■ Le rire qui divertit : il cherche seulement à distraire, à amuser.

■ Le rire libérateur : il permet de mettre à distance certains thèmes graves ou tabous et d'apprivoiser ses angoisses.

■ Le rire sérieux : il permet de faire passer un message, d'amener le lecteur à réfléchir, de critiquer ou de dénoncer.

**Citation**

*« Castigat ridendo mores* est la devise de Moliè qui signifie « Elle *[la com die]* corrige les mœurs faisant rire ».

## 2 Les procédés

### A. Les types de comiques

■ Le comique de mots : répétition d'un mot de façon mécanique, jeu de mots, dialogue de sourds, etc.

■ Le comique de gestes : coups de bâton, chute, gestes qui se répètent, grimaces, etc.

■ Le comique de situation : quiproquo, personnage caché, rebondissements, etc.

■ Le comique de caractère : l'auteur force les traits d'un personnage ou le caricature (égoïste, avare, etc.). Les personnages sont alors des types.

■ Le comique de mœurs critique les coutumes et les conduites des hommes d'une époque. Le défaut tient à un milieu, une classe sociale, une mode.

### B. Les nuances de comique

■ La tonalité comique est souvent nuancée par d'autres tonalités.

■ Les tonalités ironique et satirique suscitent le rire par la moquerie et cherchent à critiquer.

■ Le burlesque et l'héroï-comique opèrent un renversement entre le thème traité et le style utilisé. Le burlesque évoque un thème sérieux, héroïque, élevé, décrit de manière triviale ; à l'inverse, l'héroï-comique traite un thème bas avec un style élevé.

*Ex. :* **La Fontaine** use de l'héroï-comique pour sa fable « Les Deux Coqs ». Cette histoire de basse-cour (thème bas) fait explicitement référence à la guerre de Troie et emploie un style élevé.

■ L'humour noir permet d'évoquer l'absurdité ou la cruauté du monde.

■ L'absurde fait rire d'une situation illogique et dont le sens échappe au lecteur/spectateur.

# La tonalité ironique

Fiche 61

La tonalité ironique est utilisée principalement en argumentation. Elle repose sur le décalage : l'auteur cherche à faire comprendre le contraire de ce qu'il dit.

## 1 Les formes de l'ironie

### A. L'art du décalage

■ L'ironie repose toujours sur un décalage entre l'explicite et l'implicite, entre ce qui est écrit et ce que l'auteur veut vraiment exprimer.

■ Souvent, l'auteur feint (fait semblant) d'épouser la voix de celui qu'il cherche à critiquer, tout en laissant entendre qu'il le critique.

**Ex. :** *« Rien n'était si beau, si leste, si brillant, si bien ordonné que les deux armées. Les trompettes, les fifres, les hautbois, les tambours, les canons formaient une harmonie telle qu'il n'y en eut jamais en enfer. »*

**Voltaire**, *Candide*, 1759.

Voltaire montre le point de vue admiratif de Candide face à la guerre. L'accumulation des termes mélioratifs et hyperboliques indique que le personnage assiste à la guerre comme à un beau spectacle. Mais le lecteur doit comprendre que l'auteur se moque, en réalité, de la naïveté du personnage et propose une féroce dénonciation des horreurs de la guerre.

### B. Les procédés

■ La figure de style principale de l'ironie est l'antiphrase. Elle consiste à dire le contraire de ce qu'elle énonce.

**Ex. :** Simone de **Beauvoir** utilise l'antiphrase dans le titre de son roman autobiographique : *Mémoires d'une jeune fille rangée* (1958).

■ L'ironie peut aussi utiliser l'euphémisme, qui consiste à atténuer une réalité brutale ou blessante en tempérant son expression. Dans ce cas, l'auteur ne dit pas le contraire de ce qu'il pense mais nuance son propos, ce qui crée un décalage entre ce qui est dit et la réalité.

■ Lorsqu'un personnage annonce sans le savoir un événement funeste, on parle d'ironie tragique. Ce type d'ironie repose, cette fois, sur le décalage entre l'ignorance du personnage et les connaissances du lecteur/spectateur.

## 2 Une tonalité difficile à identifier

### A. Une arme à double tranchant

**Sarcasme**
Moquerie ironique très vi
qui cherche à être blessan

■ Quand un auteur manie l'ironie, mais aussi le sarcasme, il prend toujours le risque que celui à qui il s'adresse ne les perçoive pas et fasse un contresens sur le message qu'il souhaite faire passer.

■ Pour bien repérer l'ironie d'un texte, il faut donc replacer l'œuvre dans son contexte. Connaître l'auteur et sa position sur tel ou tel sujet permet d'éviter tout contresens.

**Ex. :** *« Le sucre serait trop cher, si l'on ne faisait travailler la plante qui le produit par des esclaves. »*

**Montesquieu**, « De l'esclavage des nègres », *De l'esprit des lois*, 1748.

Montesquieu feint d'adopter le point de vue des esclavagistes en reprenant leurs arguments pour mieux en montrer la bêtise et critiquer l'esclavage. Mais en lisant ce texte au premier degré, un lecteur mal averti pourrait penser que l'auteur est raciste.

### B. Les indices de l'ironie

■ Les exagérations : pour mieux faire entendre l'absurdité du discours critiqué, les auteurs l'exagèrent. À l'oral, on va parfois changer d'intonation. À l'écrit, on privilégiera les hyperboles, les accumulations, etc.

■ Les modalisateurs : leur présence insistante (« bien sûr », « évidemment », « comme chacun sait », etc.) peut alerter le lecteur sur l'ironie d'un texte.

■ Les guillemets ou italiques : ces signes typographiques marquent parfois le décalage entre ce que dit l'auteur et ce qu'il pense vraiment.

■ La ponctuation : l'exclamation ou les points de suspension peuvent, dans certains cas, marquer l'ironie.

**Ex. :** *« On trouva même, au bout d'un mois, qu'elle avait fait des progrès considérables. »*

**Flaubert**, *Madame Bovary*, 1857.

Ici, le narrateur manie l'ironie : Emma Bovary fait croire qu'elle prend des cours de piano à Rouen alors qu'elle y retrouve, en réalité, son amant.

# Les tonalités satirique et polémique

Fiche 62

Les tonalités satirique et polémique sont utilisées dans la littérature d'idées : la satire critique en se moquant tandis que la tonalité polémique critique en s'indignant.

## 1 La tonalité satirique

### A. Définition

■ La tonalité satirique repose sur une complicité entre l'auteur et le lecteur et cherche à faire rire ce dernier, invite à se moquer.

**Attention !**
La « satire » désigne un écrit ou un discours qui critique. Le « satyre » désigne, dans la mythologie grecque, une créature mi-homme mi-bouc.

■ La satire est aussi un genre littéraire à part entière qui peut critiquer une personne, un groupe social, des mœurs, des idées, etc.

■ Le satiriste dévalorise son adversaire, tourne en dérision ses idées, le ridiculise et suscite le rire. L'auteur se place donc en position de supériorité par rapport à son adversaire.

### B. Les procédés

■ La caricature : elle consiste à grossir certains traits, à les exagérer, de manière à les rendre ridicules.

*Ex. :* **La Bruyère** brosse le portrait caricatural de Gnathon dans ses *Caractères* (1688) : « *Le jus et les sauces lui dégouttent du menton et de la barbe ; s'il enlève un ragoût de dessus un plat, il le répand en chemin dans un autre plat et sur la nappe ; on le suit à la trace.* »

■ L'accumulation : elle consiste à énumérer différents éléments, sous forme de liste, de catalogue. C'est un autre moyen d'exagérer.

*Ex. :* **Proust**, dans *À la recherche du temps perdu*, brosse le portrait ridicule de la bourgeoise Mme Verdurin. Le principe de l'accumulation participe de la raillerie : « *Et c'était chez elle* [Mme Verdurin] *une collection de chauffe-pieds, de coussins, de pendules, de paravents, de baromètres, de potiches, dans une accumulation, des redites et un disparate d'étrennes.* »

■ Un vocabulaire caustique et des termes dévalorisants.

*Ex. :* **Rimbaud**, dans son poème « À la musique », fait la satire des bourgeois et bourgeoises de Charleville : « *Tous les bourgeois* ***poussifs*** *qu'étranglent les chaleurs* […] / *Les* ***gros*** *bureaux bouffis* ***traînent*** *leurs* ***grosses*** dames. »

## 2 La tonalité polémique

### A. Définition

■ Le terme « polémique » vient du grec *polemos* (« la guerre, le combat »).

■ La tonalité polémique a une portée critique, mais elle ne suscite pas le rire : elle crée l'indignation chez le lecteur. Elle est souvent employée dans la littérature d'idées pour convaincre et persuader (pamphlet, lettre ouverte, blâme, débat, etc.).

■ La tonalité polémique mène donc un combat grâce aux mots. L'expression « faire polémique » signifie « faire débat ».

### B. Les procédés

■ La presse réserve un accueil très défavorable à *Thérèse Raquin* de Zola, lors de sa publication. Le journaliste Ferragus (Louis Ulbach) publie, en janvier 1868, un article polémique dans lequel on retrouve la plupart des procédés de la tonalité polémique :

– **argument *ad hominem*** : le journaliste s'en prend directement à Zola avec la pique *« qui passe pour un jeune homme de talent »* ;
– vocabulaire péjoratif : lexique de la putridité ;
– vocabulaire de l'indignation : *« soulever un peu de colère »* ;
– exagérations : *« toutes les putridités »* ;
– comparaison dégradante : la lecture du livre est comparée à la préparation d'un mort dans une morgue.

**Argument *ad hominem***
Argument par lequel o[n] s'attaque directement [à] son adversaire en tant qu[e] personne.

**Ex. :** *« Ma curiosité a glissé ces jours-ci dans une flaque de boue et de sang qui s'appelle* Thérèse Raquin, *et dont l'auteur, M. Zola, passe pour un jeune homme de talent. […] Il semble, pour rester dans les comparaisons de ce livre, qu'on soit étendu sous le robinet d'un des lits de la morgue, et jusqu'à la dernière page, on sent couler, tomber goutte à goutte sur soi cette eau faite pour délayer des cadavres. […] Ce livre résume trop fidèlement toutes les putridités de la littérature contemporaine pour ne pas soulever un peu de colère […]. »*

**Ferragus,** « La littérature obscène » in *Le Figaro*, publié le 23 janvier 1868.

# Les tonalités tragique et pathétique

Fiche 63

Les tonalités tragique et pathétique sont différentes, certains traits les distinguent. Néanmoins, elles sont souvent utilisées conjointement pour mieux **émouvoir et toucher** le cœur du lecteur/spectateur.

## 1 La tonalité tragique

### A. Susciter la terreur et la pitié

■ La tonalité tragique est, bien sûr, en lien avec le **genre de la tragédie**.

■ Les principes de la tragédie ont été théorisés par **Aristote** dès l'Antiquité, et repris ensuite par les auteurs classiques. La tragédie doit susciter à la fois la **terreur** et la **pitié** des spectateurs.

*Ex.* : Dans la tragédie de Racine, Phèdre est amoureuse de son beau-fils Hippolyte. L'amour incestueux suscite l'effroi [terreur] du spectateur, mais Phèdre est aussi victime de cet amour qu'elle ne contrôle pas [pitié]. Elle finit par avouer son amour coupable à Hippolyte :

« ***PHÈDRE*** – [...] *Eh bien ! Connais donc Phèdre et toute sa fureur :*
*J'aime ! Ne pense pas qu'au moment que je t'aime,*
*Innocente à mes yeux, je m'approuve moi-même ;*
*Ni que du fol amour qui trouble ma raison*
*Ma lâche complaisance ait nourri le poison ;*
*Objet infortuné des vengeances célestes,*
*Je m'abhorre encor plus que tu ne me détestes.*
*Les dieux m'en sont témoins, ces dieux qui dans mon flanc*
*Ont allumé le feu fatal à tout mon sang ;*
*Ces dieux qui se sont fait une gloire cruelle*
*De séduire le cœur d'une faible mortelle.* [...] »

**Racine**, *Phèdre*, V, 2, 1677.

### B. Quelques motifs tragiques

**Inéluctable**
Qui est inévitable.

■ La **fatalité** : les événements tragiques arrivent de façon **inéluctable**, et nul ne peut échapper à son destin funeste. Une **force supérieure** (dieux, Dieu, destin, etc.) guide les actions des personnages.

■ Les personnages sont à la fois **coupables et victimes**.

- La mort : les tragédies se terminent très souvent par un dénouement malheureux.
- Le héros est en proie à un dilemme.

### C. Les procédés

- Pour susciter la terreur et la pitié, la tonalité tragique fait appel aux champs lexicaux de la mort, de la souffrance, du désespoir, de la colère, ainsi qu'à une ponctuation forte (phrases exclamatives et interrogatives), à des interjections, à des procédés d'amplification pour exprimer la douleur (exagérations, hyperboles, accumulations).
- Pour faire sentir le poids de la fatalité cette tonalité a recours aux interjections et interpellations (appel aux dieux, par exemple), aux tournures impersonnelles qui montrent que l'homme subit son destin, aux verbes exprimant la nécessité, et à l'emploi du futur à valeur prophétique.

## 2 La tonalité pathétique

### A. Émouvoir le lecteur

- Le terme « pathétique » vient du grec *pathos* qui signifie « souffrance ». Il expose les malheurs du personnage dans le but de susciter la compassion ou la pitié du lecteur/spectateur.

**Pathos**

On retrouve la raci[…] *pathos* dans les mo[…] « pathologie » (étude d[…] souffrances) ou « symp[…]thie » (*sýn*, ensemble, […] *pathos*, la souffrance).

- Cette tonalité est essentielle dans la tragédie, mais elle est également fréquente dans la littérature d'idées pour persuader (faire appel aux sentiments) le lecteur.

### B. Les procédés

- Les procédés de cette tonalité sont proches de ceux utilisés par la tonalité tragique.
- On retrouve l'utilisation des champs lexicaux de la souffrance et du désespoir, une ponctuation forte, des interjections, des figures d'insistance (accumulations, exagérations), des figures d'opposition (antithèses, oxymores).

## 3 Distinguer le tragique et le pathétique

| | Le tragique | Le pathétique |
|---|---|---|
| **Enchaînement des événements** | On connaît l'issue inéluctable des événements, dictés par une force supérieure. | Les événements ne sont pas prévus d'avance (effet d'attente, de suspense). |
| **Émotions suscitées** | Il suscite des émotions contradictoires (terreur et pitié). | Il suscite la compassion du lecteur/spectateur, qui se met pleinement à la place du personnage et souffre avec lui. |

# La tonalité épique

Fiche 64

La tonalité épique repose sur la célébration de la grandeur des héros et de leurs faits guerriers. Cette tonalité suscite essentiellement l'admiration du lecteur.

## 1 Épopée et tonalité épique

### A. Le genre de l'épopée

■ La tonalité épique est issue d'un genre spécifique, l'épopée, long poème racontant les exploits et hauts faits guerriers d'un héros ou la grandeur d'une nation ou d'un peuple.

**Attention !**

Bien que dominante dans l'épopée, la tonalité épique apparaît souvent au détour d'une page de roman, d'une tirade ou d'un poème, dès lors que la thématique est celle du combat et de la bravoure.

### B. Les principales épopées

■ IIIe millénaire av. J.-C. : l'*Épopée de Gilgamesh* est un récit de la Mésopotamie qui met en scène le roi de la cité d'Uruk.

■ Antiquité grecque : l'*Iliade* et l'*Odyssée* d'Homère racontent la guerre de Troie et le retour d'Ulysse chez lui.

■ Antiquité latine : l'*Énéide* de Virgile suit les aventures d'Énée, un prince troyen dont descendent les fondateurs de Rome.

■ Moyen Âge : *La Chanson de Roland* (chanson de geste) narre les exploits de Roland, neveu de Charlemagne.

■ XVIIe siècle : *Les Tragiques* d'Aggripa d'Aubigné évoquent les guerres de Religion et, en particulier, les persécutions des protestants.

■ XIXe siècle : dans *La Légende des siècles*, Victor Hugo déroule l'histoire de l'humanité en poèmes.

■ XXe siècle : *Canto general* (1950) du poète chilien Pablo Neruda chante toute l'histoire de l'Amérique latine.

## 2 Les principaux motifs et procédés

### A. Les motifs épiques

■ L'épopée étant à l'origine un genre oral et souvent chanté, le *canto* (« je chante ») est un motif fréquemment repris. Il vient du premier vers de l'*Énéide* de Virgile : « *Arma virumque canto* » (« Je chante les armes et le héros »).

■ L'invocation aux Muses.

■ La descente aux Enfers ou le voyage en mer (par exemple, Ulysse).

■ La description des armes : dans l'*Iliade*, par exemple, avec la description du bouclier d'Achille, forgé par Héphaïstos.

■ L'arrêt sur image d'un geste guerrier.

**Ex. :** *« Liboko se battait sur son sol, pour défendre sa ville, et l'ardeur qui l'animait semblait ne jamais devoir le quitter. Il frappait sans cesse. [...] Soudain, il suspendit son bras. Un homme était à ses pieds. Là. À sa merci. Il pouvait lui fendre le crâne mais ne le faisait pas. Il resta ainsi. Le bras suspendu. »*

**Gaudé**, *La Mort du roi Tsongor*, 2002.

### B. Les procédés

■ Afin de valoriser le héros, la tonalité épique repose sur :
– les champs lexicaux de l'héroïsme et de l'action ;
– les figures de comparaison et d'animation ;
– les figures d'insistance (hyperboles, gradations, etc.).

**Ex. :** « ***DON RODRIGUE*** :

*Nous partîmes cinq cents ; mais par un prompt renfort*
*Nous nous vîmes trois mille en arrivant au port,*
*Tant, à nous voir marcher avec un tel visage,*
*Les plus épouvantés reprenaient du courage ! [...]*
*Ô combien d'actions, combien d'exploits célèbres*
*Sont demeurés sans gloire au milieu des ténèbres,*
*Où chacun, seul témoin des grands coups qu'il donnait,*
*Ne pouvait discerner où le sort inclinait ! »*

**Corneille**, *Le Cid*, IV, 3, 1637.

**Attention !**
Certains auteurs déto[urnent] de façon parodiq[ue] la tonalité épique (ex l'épisode de frère Je[an] des Entommeures – da[ns] *Gargantua* – qui se lan[ce] à corps perdu dans u[ne] bataille pour protéger ses vignes !).

■ Les procédés d'amplification sont également récurrents au fil du texte : hyperbole, anaphore, répétitions, accumulation, utilisation de phrases longues, verbes de mouvement et utilisation de pluriels et du singulier collectif.

**Ex. :** *« Quand cette légion ne fut plus qu'une poignée, quand leur drapeau ne fut plus qu'une loque, quand leurs fusils épuisés de balles ne furent plus que des bâtons, quand le tas de cadavres fut plus grand que le groupe vivant, il y eut parmi les vainqueurs une sorte de terreur sacrée autour de ces mourants sublimes, et l'artillerie anglaise, reprenant haleine, fit silence. »*

**Hugo**, *Les Misérables*, 1862.

# La tonalité lyrique

Fiche 65

La tonalité lyrique cherche à faire vibrer le cœur du lecteur. Elle se définit comme l'expression personnelle des sentiments.

## 1 Qu'est-ce que le lyrisme ?

### A. De la lyre au lyrisme

Le terme « lyrique » vient de la « lyre », l'instrument d'Apollon et d'Orphée.

**Orphée**

Dans la mythologie grecque, Orphée est un poète musicien qui a le pouvoir de charmer les bêtes sauvages avec sa lyre.

### B. Les procédés

■ L'auteur exprime ses sentiments grâce à plusieurs procédés :

– l'énonciation : le plus simple moyen de rendre compte de ses émotions, c'est de parler en son nom ! L'utilisation de la 1re personne est la marque principale du lyrisme. Parfois, l'auteur s'adresse à l'être aimé ou à la nature et utilise la 2e personne (*tu* ou *vous*) ;

**Ex. :** *« N'écris pas.* ***Je*** *suis* ***triste****, et je voudrais m'éteindre. / Les beaux étés sans* ***toi,*** *c'est la nuit sans flambeau. /* ***J'****ai refermé* ***mes*** *bras qui ne peuvent* ***t'****atteindre, / Et frapper* ***à mon cœur****, c'est frapper au tombeau. / N'écris pas ! »*

**Desbordes-Valmore**, « Les Séparés », *Poésies inédites*, 1860.

La poétesse demande à son amant, séparé d'elle, de ne pas lui écrire afin de lui éviter de souffrir.

– la ponctuation forte : les émotions sont souvent rendues sensibles par des phrases exclamatives, et les doutes et questionnements intérieurs par des phrases interrogatives ;

– le champ lexical des sentiments est très développé ;

– l'utilisation de comparaisons ou métaphores permet de mieux rendre compte de l'émotion ressentie ;

– l'intensité des émotions se traduit par des procédés d'insistance comme l'hyperbole, l'emploi de superlatifs, l'accumulation, etc.

### C. La musicalité

■ Conformément aux origines du mot, le lyrisme est en lien avec la musique. C'est pour cela qu'il se trouve tout particulièrement en poésie, genre qui accorde une importance aux sons. On trouve, par exemple, dans les textes à tonalité lyrique :

– la référence explicite à la musique, aux sons, aux instruments ;

– des effets sonores (allitérations, assonances, travail sur la versification, rimes, répétitions, anaphores, etc.).

*Ex. :* Dans ce poème lyrique, la poétesse apostrophe son instrument de musique, le luth, qui lui permet d'exprimer ses souffrances liées à l'amour :

*« Luth, compagnon de ma calamité, / De mes soupirs témoin irréprochable, / De mes ennuis contrôleur véritable, / Tu as souvent avec moi lamenté. »*

**Labé**, « Luth, compagnon de ma calamité », *Sonnets*, XIII, 1555.

## 2 Bien identifier le lyrisme

### A. Les thèmes

■ Le lyrisme exprime à la fois la singularité d'une émotion ressentie et son universalité.

■ Les thèmes lyriques, souvent repris, deviennent des thèmes récurrents, des *topoï* : l'amour, la fuite du temps, la mélancolie et la nostalgie.

*Ex. :* Le poète sénégalais évoque le souvenir de sa ville natale, Joal, dans un poème sur l'exil. Les « *signares* » sont les femmes noires ou métisses :

*« Joal ! / Je me rappelle. / Je me rappelle les signares à l'ombre verte des vérandas, / Les signares aux yeux surréels comme un clair de lune sur la grève. »*

**Senghor**, « Joal ».

### B. Où trouver le lyrisme ?

La tonalité lyrique se trouve essentiellement dans les poèmes mais également dans le théâtre, notamment le théâtre versifié qui prête, lui aussi, beaucoup d'attention aux effets sonores. Une page de roman peut bien sûr, tout autant, avoir recours au lyrisme.

**Attention !**

Si les tonalités lyriq[ue] et élégiaque utilisent l[es] mêmes procédés, elles [ne] doivent pas être confo[n]dues. La tonalité élégiaqu[e] traite toujours de la per[te] d'un être cher.

*Ex. :* Dans son roman autobiographique, **Chateaubriand** revient sur son lien privilégié avec la nature : « *Comment exprimer cette foule de sensations fugitives que j'éprouvais dans mes promenades ? Les sons que rendent les passions dans le vide d'un cœur solitaire ressemblent au murmure que les vents et les eaux font entendre dans le silence d'un désert ; on en jouit, mais on ne peut les peindre.* »

**Chateaubriand**, *René*, 1802.

# Le réalisme, le fantastique et le merveilleux

Fiche 66

La littérature joue avec le réel, soit en cherchant à le reproduire (réalisme), soit en se situant à ses marges (fantastique), soit en le quittant définitivement (merveilleux).

## 1 La tonalité réaliste

### A. Le désir de faire vrai

- La tonalité réaliste cherche à faire vrai, à donner l'illusion du réel.
- Au XIXe siècle, ce désir d'authenticité est si fort que les romanciers créent les mouvements réaliste et naturaliste. Pourtant, la tonalité réaliste ne se limite ni à ces mouvements littéraires ni au genre romanesque. On la trouve, en effet, sous les plumes de Villon (XVe siècle), de Rabelais (XVIe), chez les écrivains du Nouveau Roman (XXe), dans les romans policiers.
- Les écrivains soucieux de reproduire le réel décrivent des personnages ordinaires, issus de toutes les classes sociales. Ces auteurs ont parfois une fascination pour le corps et un goût prononcé pour le sordide, le laid.

*Ex. :* Baudelaire dépeint de façon réaliste une femme en décomposition : *« Les mouches bourdonnaient sur ce ventre putride, / D'où sortaient de noirs bataillons / De larves, qui coulaient comme un épais liquide / Le long de ces vivants haillons. »*

**Baudelaire**, « Une charogne », *Les Fleurs du Mal*, 1857.

### B. Les procédés

- L'auteur accumule les détails (dates, lieux, objets, vêtements, etc.) afin de faire croire que l'univers décrit existe réellement.

*Ex. :* Dans son court roman réaliste, **Irène Némirovsky** brosse le portrait des parents d'Antoinette, « nouveaux riches » : « *Antoinette savait qu'auparavant,* [son père] *avait été employé à la Banque de Paris, et plus loin dans le passé, petit chasseur à la porte de la banque, en livrée bleu… Un peu avant la naissance d'Antoinette, il avait épousé sa maîtresse, Mlle Rosine, la dactylo du patron. Pendant onze ans, ils avaient habité un petit appartement noir, derrière l'Opéra-Comique.* »

**Irène Némirovsky**, *Le Bal*, 1930.

- Il joue également sur le langage et reproduit les paroles des personnages, leurs expressions, parfois argotiques, mais aussi le lexique spécialisé (médical, agricole, etc.).

■ La description permet au lecteur de visualiser les lieux et les personnages. Les objets décrits n'ont pas forcément d'utilité pour l'histoire mais permettent de « faire vrai ».

***Ex. :*** *« Un vieux piano supportait, sous un baromètre, un tas pyramidal de boîtes et de cartons. »*

**Flaubert**, « Un cœur simple », *Trois Contes*, 1877.

## 2 Le fantastique et le merveilleux

### A. La tonalité fantastique

■ Le fantastique joue sur les frontières entre le réel et le surnaturel. L'intrigue est d'abord ancrée solidement dans le réel pour, ensuite, glisser vers le surnaturel.

■ L'intrusion du surnaturel crée un effet d'inquiétude, d'étrangeté ou de peur chez le lecteur qui hésite entre une explication rationnelle et une explication irrationnelle.

***Ex. :*** Dans la nouvelle fantastique *Le Horla* de **Maupassant** (1887), le lecteur hésite entre l'idée que le narrateur est en proie à la folie et à des hallucinations (explication rationnelle) et le fait qu'il soit vraiment hanté par le Horla, créature surnaturelle qui le pousse à commettre des actions insensées (explication irrationnelle).

**Attention !**
Dans le fantastique, lecteur hésite entre expl cation rationnelle ou irr tionnelle. Dans le mervei leux, il accepte d'êt transporté dans un unive surnaturel.

■ Les thèmes privilégiés sont : la folie, la nuit, les lieux hantés, ainsi que la question du double.

***Ex. :*** En 1886, paraît *L'Étrange Cas du Dr Jekyll et de Mr Hyde*, de **Stevenson**. Cette nouvelle raconte l'histoire d'un homme qui met au point une drogue lui permettant de séparer les deux aspects de sa personnalité (son bon côté : Dr Jekyll ; son mauvais côté : Mr Hyde).

### B. Le merveilleux

■ Le mot « merveilleux » vient du latin *mirabilia* (« choses étonnantes »).

■ Dans le merveilleux, le surnaturel est présent du début à la fin. Le lecteur n'y croit pas mais l'accepte, selon un pacte implicite avec l'auteur.

■ On trouve le merveilleux dans les contes.

■ Aujourd'hui, le merveilleux est principalement présent dans la fantasy qui en est une de ses formes contemporaines (les romans de Tolkien, par exemple).

# Les figures de style (1)

Fiche 67

## 1 Les figures de comparaison et d'animation

### A. La comparaison

La comparaison rapproche deux éléments, le comparé et le comparant, au moyen d'un outil de comparaison (« comme », « tel », « de même que », « ainsi que », « ressembler à », etc.).

**Ex. :** *« Dieu ! qu'il est tard ! quelle surprise ! / Le temps a fui **comme un éclair**. »*

**Desbordes-Valmore**, « L'Adieu du soir », 1860.

### B. La métaphore

La métaphore n'utilise pas d'outil de comparaison : le comparé et le comparant sont directement associés. C'est au lecteur de décoder le rapport de similitude. La métaphore produit des images surprenantes ou poétiques.

**Ex. :** *« On ne me connaissait pas, on ne me regardait pas, on ne me reprenait pas : **j'étais un atome perdu** dans cette immense foule. »*

**Sand**, *Histoire de ma vie*, 1855.

### C. L'allégorie

L'allégorie représente de façon imagée une idée abstraite, un concept ou une valeur.

**Ex. :** La justice est souvent représentée de façon allégorique par une femme aux yeux bandés qui tient une balance.

### D. La personnification

■ La personnification donne des caractéristiques humaines à un objet, un animal, un élément, etc., traité comme une personne.

**Ex. :** *« Je ne me sens pas très bien auprès* [des mots], ***ils m'intimident**…, mais ça ne fait rien, je dois les accueillir le mieux que je peux, c'est ici qu'**ils doivent vivre**… dans un roman… dans mon roman. »*

**Sarraute**, *Enfance*, 1983.

■ Lorsqu'on lui donne la parole en plus, il s'agit d'une prosopopée.

## 2 Les figures de substitution

### A. La métonymie

La métonymie désigne le contenant pour le contenu, la matière pour l'objet, l'auteur pour l'ouvrage, le contenu pour le contenant, la partie pour le tout, etc.

**Ex. :** *« Je ne regarderai ni l'or du soir qui tombe,*
*Ni* ***les voiles*** [= les bateaux] *au loin descendant vers Harfleur,*
*Et quand j'arriverai, je mettrai sur ta tombe*
*Un bouquet de houx vert et de bruyère en fleur. »*

**Hugo**, « Demain, dès l'aube... », *Les Contemplations*, 1856.

### B. La périphrase

La périphrase nomme une idée, une personne ou une chose par une expression qui la définit ou évoque ses caractéristiques.

**Ex. :** *« J'ai longtemps entretenu avec* ***la Diane des forêts*** [= la chasse] *des rapports changeants et passionnées. »*

**Yourcenar**, *Mémoires d'Hadrien*, 1951.

## 3 Les figures d'insistance et d'atténuation

### A. La gradation et l'accumulation

La gradation est une suite d'éléments ordonnés de façon croissante (gradation ascendante) ou décroissante (gradation descendante). Si les éléments sont nombreux, de même nature et sans ordre particulier, on parle d'accumulation.

**Ex. :** *« J'allais être* ***influencée, remaniée, orientée*** *par Anne. »*

**Sagan**, *Bonjour tristesse*, 1954.

### B. L'hyperbole

L'hyperbole consiste à exagérer une idée pour la mettre en relief.

**Ex. :** *« Je m'en vais vous montrer la chose* ***la plus étonnante, la plus surprenante, la plus merveilleuse, la plus miraculeuse****. »*

**Mme de Sévigné**, *Lettres choisies*, éd. 1846 (1re éd. 1725).

### C. L'euphémisme

L'euphémisme est une figure d'atténuation qui consiste à remplacer une expression qui pourrait choquer. L'euphémisme peut avoir plusieurs effets : la pudeur, la crainte, la gentillesse, etc. Certains euphémismes sont entrés dans le langage courant, notamment ceux du domaine de la mort : « rendre son dernier soupir », « le disparu ».

### D. La litote

La litote est une figure d'atténuation qui consiste à dire le moins pour suggérer plus. Elle se construit souvent avec la négation, comme dans l'exemple célèbre du *Cid* de Corneille : « *Va, je ne te hais point* » pour signifier « Je t'aime ».

# Les figures de style (2)

Fiche 68

## 1 Les figures d'opposition

### A. L'antithèse

L'antithèse est une opposition entre deux expressions ou deux mots afin de mettre en valeur une idée. La Bruyère la définit comme « *une opposition de deux vérités qui se donnent du jour l'une à l'autre* ».

**Ex. :** « *Je vis, je meurs ; je me brûle et me noie ; / J'ai chaud extrême en endurant froidure : / La vie m'est et trop molle et trop dure. / J'ai grands ennuis entremêlés de joie.* »

**Labé**, *Sonnets*, 1555.

### B. L'oxymore

Un oxymore consiste à allier deux mots ou deux expressions contradictoires, ce qui crée une image surprenante, voire impossible. C'est une forme d'antithèse mais avec un lien syntaxique beaucoup plus fort entre les termes, souvent un nom et son adjectif.

**Ex. :** L'oxymore le plus connu de la littérature se trouve dans *Le Cid* de **Corneille** : « *Cette* ***obscure clarté*** *qui tombe des étoiles.* »

### C. La prétérition

La prétérition consiste à annoncer qu'on ne parlera pas d'une chose avant d'en parler tout de même.

**Ex. :** Mme de La Fayette écrit à M. de Coulanges : « … *une chose qui se fera dimanche, et qui ne sera peut-être pas faite lundi.* ***Je ne puis me résoudre à la dire*** *; devinez-la : je vous le donne en trois. Jetez-vous donc votre langue aux chiens ? Eh bien ! Il faut donc vous la dire :* ***M. de Lauzun épouse dimanche au Louvre, devinez qui…*** »

**Mme de Sévigné**, *Lettres choisies*, éd. 1846.

### D. L'antiphrase

L'antiphrase exprime une idée par son contraire dans une intention ironique. C'est la figure de style clé de l'ironie. L'antiphrase repose sur une connivence avec le lecteur qui doit décoder le sens véritable grâce au contexte ou à des sous-entendus partagés.

*Ex. :* Le titre même du pamphlet de **Voltaire** *De l'horrible danger de la lecture* (1765) est une antiphrase : l'auteur y défend évidemment la lecture !

## 2 Les figures de construction

### A. Le parallélisme

Le parallélisme est le fait d'utiliser la même construction pour deux énoncés (deux phrases ou deux segments de phrase). Cette figure permet d'insister sur une idée et de créer un effet rythmique.

*Ex. :* Dans ces deux vers de **Louise Labé**, on trouve un parallélisme de construction doublé d'une antithèse *(noires nuits/jours luisants)* qui souligne le cycle des jours passés à attendre l'être aimé : « *Ô noires nuits vainement attendues, / Ô jours luisants vainement retournés !* » (« Ô beaux yeux bruns », 1555).

### B. L'anaphore

L'anaphore est la répétition d'un même mot ou d'une même expression en début de phrase, de vers, ou de proposition. Cela permet d'insister et de créer un effet rythmique.

*Ex. :* Dans le sonnet de **Louise Labé** « Ô beaux yeux bruns, ô regards détournés », l'anaphore en « ô » s'étend sur les dix premiers vers.

### C. Le chiasme

Le chiasme est une construction « en croix » qui inverse l'ordre de deux éléments, par exemple : nom/adjectif puis adjectif/nom ou idée positive/idée négative puis idée négative/idée positive.

*Ex. :* « ***L'amour*** *était toujours mêlé aux* ***affaires****, et les* ***affaires*** *à l'****amour****.* »

**Mme de Lafayette**, *La Princesse de Clèves*, 1678.

### D. Le zeugma (ou zeugme)

Le zeugma consiste à utiliser un mot à la fois dans son sens abstrait et son sens concret grâce à deux compléments différents.

*Ex. :* « *Il admirait l'exaltation de son âme et les dentelles de sa jupe.* »

**Flaubert**, *Madame Bovary*, 1857.

La citation témoigne ici de la passion de Léon pour Emma Bovary. Le zeugma marque une certaine ironie du narrateur qui place ces rendez-vous du jeudi sous le signe du charnel.

# Le commentaire : vue d'ensemble

Fiche 69

## 1 Pourquoi choisir le commentaire ?

### A. Avantages et difficultés

■ Le commentaire consiste à rendre compte de la bonne compréhension d'un extrait d'œuvre littéraire. Il prend la forme d'un devoir organisé en deux ou trois parties qui répond à une problématique. La réflexion doit toujours être argumentée, et chaque interprétation doit être justifiée par des références précises au texte et par l'analyse de certains procédés littéraires.

| Avantages | Difficultés à dépasser |
|---|---|
| Le commentaire porte sur un texte que vous avez devant les yeux le jour de l'épreuve. C'est très **rassurant** car vous aurez ainsi forcément des idées. | Méfiez-vous du « **commentaire-catalogue** » qui ne fait que juxtaposer les procédés littéraires, sans dégager le sens et les idées générales du texte. |
| Il repose souvent sur des **intuitions** de lecture. La réflexion s'amorce à partir des émotions suscitées, auxquelles vous devez faire confiance mais que vous devez compléter par l'analyse. | Méfiez-vous du « **commentaire-paraphrase** » qui consiste à répéter maladroitement le texte au lieu de montrer comment l'auteur l'a construit. |
| Le texte proposé, même s'il est inconnu, est **en lien avec l'un des objets d'étude** étudiés en classe. | Le **contresens** est le pire qui puisse arriver. Relisez bien le texte et replacez-le dans son contexte. |

### B. Mobiliser ses connaissances

■ Le texte sur lequel porte le commentaire est toujours en lien avec l'un des objets d'étude au programme. Vous devez donc être capable de mobiliser votre culture littéraire et de bien contextualiser l'extrait. Les connaissances acquises pendant l'année constituent des points de repère d'histoire littéraire… qu'il faut apprendre !

■ Le commentaire repose sur l'analyse des procédés littéraires, en lien avec le genre (théâtre, roman, poésie, etc.), et sur certaines figures de style. C'est grâce aux multiples textes rencontrés en cours d'année que vous pourrez vous constituer une « caisse à outils littéraires ».

■ Le commentaire est un devoir organisé et rigoureux qui demande de l'entraînement. C'est en vous exerçant toute l'année sur des textes variés que vous pourrez acquérir certains réflexes (formulation, plan, etc.).

**Conseil**

Préparez une fiche de révision par mouvement littéraire : noms d'auteurs, principaux textes, idées importantes, genres prisés, procédés littéraires utilisés.

## 2 Face au texte, le jour J

### A. Découvrir le sujet

Avant même de lire le texte, repérez les indices du paratexte (date de publication, auteur, titre, etc.) et identifiez le mouvement littéraire. Lisez ensuite le texte sans rien écrire, pour vous plonger pleinement dedans. Comme cette première lecture ne suffit pas, relisez encore deux fois le texte, stylos et surligneurs en main, pour mettre en valeur les mots-clés et les citations importantes pour votre analyse. À cette étape, il s'agit de bien cerner les enjeux du texte en se posant les bonnes questions :

■ Quels sont les liens entre ce texte et la période à laquelle il appartient ?

■ Quel est le genre du texte ?

■ Quelle(s) tonalité(s) dominent ?

■ Quel message l'auteur cherche-t-il à faire passer ?

> **Rappel**
> Le jour du bac, munisse[z-]vous d'une montre, [de] crayons de couleur ou [de] feutres, et d'une règle po[ur] souligner les titres d[es] œuvres !

### B. Rassembler ses idées au brouillon

■ Le texte est souvent entouré d'espace libre. N'hésitez pas à utiliser ces marges pour noter vos premières interprétations. Puis commencez à lister au brouillon vos principales idées pour bâtir un plan. C'est le seul véritable moyen de structurer vos idées. Vous pouvez utiliser :

- une page pour l'élaboration du plan détaillé (parties et sous-parties) ;
- plusieurs pages pour le développement du commentaire ;
- une page pour la rédaction de l'introduction et de la conclusion.

■ Attention ! Il est inutile de tout écrire au brouillon pour n'avoir ensuite qu'à recopier : cela vous fait perdre du temps. Le brouillon vous permet seulement d'organiser vos idées.

### C. Gérer son temps à l'écrit

Il n'existe pas de chronométrage idéal. La proposition qui suit vous donne un ordre d'idées, que vous affinerez au gré de vos entraînements.

■ Découvrir le sujet, lire le texte : 15 min.

■ Travailler au brouillon (plan détaillé et problématique) : 1 h 30 min.

■ Rédiger : 2 h.

■ Relire intégralement son devoir : 15 min.

# Organiser son commentaire

Fiche 70

Le commentaire prend la forme d'un devoir organisé qui répond à une problématique. Il doit donc être rigoureusement structuré.

## 1 Structurer le commentaire

### A. Le squelette du commentaire

■ Le commentaire s'organise en trois éléments incontournables : l'introduction qui présente le texte ainsi que la problématique, le corps du commentaire ou développement, et la conclusion.

■ Le développement du commentaire se structure en deux ou trois grandes parties, elles-mêmes divisées en deux ou trois sous-parties. Pour que le commentaire soit équilibré, on attend six sous-parties. Deux types de plans sont donc possibles :

– un plan avec deux grandes parties de chacune trois sous-parties ;

– un plan avec trois grandes parties de chacune deux sous-parties.

**Rappel**

Il est impératif que votre propos soit construit, c'est-à-dire que vos idées soient organisées et vos exemples argumentés.

### B. Les codes de présentation

■ Si, au brouillon, votre commentaire repose sur un plan écrit, celui-ci ne doit pas être apparent sur votre devoir. En effet, vous ne devez pas recopier les titres des parties et sous-parties comme vous le faites quand vous prenez des notes en classe. Sur votre copie, tout doit être rédigé !

■ Votre commentaire doit se diviser en plusieurs paragraphes qui commencent tous par un alinéa. On compte donc en tout 8 paragraphes : 1 paragraphe d'introduction, 6 paragraphes pour les 6 sous-parties et 1 paragraphe de conclusion. Enfin, pensez à sauter une ligne après l'introduction, entre les parties, et avant la conclusion.

■ Ces codes de présentation rigoureux permettent au correcteur de vérifier que votre commentaire est solidement organisé.

## 2 Trouver un plan qui réponde à une problématique

### A. Dégager une problématique

■ La problématique est un passage obligé pour tout commentaire. Elle l'oriente et en constitue, en quelque sorte, le fil rouge. Placée au début du commentaire, elle trouve des éléments de réponse au fil du développement.

■ Une bonne problématique doit, comme son nom l'indique, poser un problème. Essayez, par exemple, d'utiliser deux mots qui s'opposent, qui créent une tension.

*Ex. :* Dans quelle mesure ce texte à l'argumentation si ***structurée*** est-il un éloge de la ***liberté*** ?

■ La problématique se présente généralement sous la forme d'une question qui peut commencer par « Dans quelle mesure », « En quoi », « Comment ». Sachez qu'on la trouve rarement à la fin de la première lecture du texte : bien souvent, elle n'apparaît qu'après que vous avez fait votre plan.

■ Avant de la formuler, choisissez deux à quatre mots-clés tirés du plan du commentaire. Veillez à toujours trouver une problématique littéraire qui ne porte ni sur la biographie de l'auteur ni sur une simple thématique.

*Ex. :* Qu'est-ce que ce poème nous apprend sur les sentiments de son auteur ? ***(mauvaise problématique)*** / Dans quelle mesure ce sonnet de Louise Labé propose-t-il une vision ambivalente du sentiment amoureux ? ***(bonne problématique)***

■ La problématique doit être assez large pour vous permettre de développer les principaux aspects du texte, mais elle doit aussi rendre compte de sa singularité. Une bonne problématique ne doit pas pouvoir être appliquée à un autre texte.

**Conseil**

Le travail régulier de textes d[e] genres variés vous permett[ra] d'être mieux entraîné(e) e[t] d'acquérir la bonne méthod[e] pour réussir votre épreuve.

## B. Bâtir un plan

■ Le plan se construit au fur et à mesure de votre travail. Commencez par surligner les mots et expressions qui vous semblent les plus importants. Ces éléments seront les citations sur lesquelles vous vous appuierez. Chaque citation doit être analysée, c'est-à-dire que vous devez étudier la forme du texte et déterminer quel procédé est utilisé. Enfin, vous interpréterez ces analyses en vous demandant quel est l'effet produit par le procédé et pourquoi l'auteur l'a choisi.

■ Regroupez les différentes interprétations. Ce sont elles qui vont vous permettre de trouver les grandes parties puis les sous-parties.

■ Le tableau ci-dessous est un outil très pratique qui vous permettra de travailler le texte, d'éviter le commentaire-paraphrase et le commentaire-catalogue :

| Citations | Analyses | Interprétations |
|---|---|---|
| Recopiez des expressions ou termes du texte. | Identifiez les procédés littéraires. | Recensez les idées principales du texte qui vous aideront à bâtir le plan et à répondre à cette question : *quel est l'effet produit et quel sens a-t-il ?* |

# Rédiger son commentaire

Fiche 71

Après le brouillon, il est temps de passer à la rédaction.

## 1 L'introduction

■ L'introduction doit être particulièrement soignée car elle est la vitrine de votre commentaire. Elle fait une quinzaine de lignes et commence par un alinéa.

■ Les cinq étapes de l'introduction vont du général vers le particulier. On dit que l'introduction a une forme d'entonnoir !

### A. L'amorce

L'amorce est une phrase générale qui introduit le texte. Vous pouvez :

- évoquer le mouvement littéraire du texte, toujours en lien avec un des objets d'étude étudiés pendant l'année ;
- partir d'une citation d'un autre auteur ;
- évoquer rapidement l'auteur du texte et sa biographie ;
- dire un mot sur la forme du texte ou son genre.

**Conseil**

Lors de la relecture, vérifiez que vous avez bien souligné les titres des œuvres.

### B. La présentation de l'œuvre

Une ou deux phrases permettent de présenter brièvement l'œuvre (nom de l'auteur, titre, date de publication, genre).

### C. La présentation de l'extrait

Après avoir évoqué l'œuvre en général, présentez l'extrait et ses enjeux. Résumez et caractérisez le texte en une seule phrase.

*Ex. :* La scène 5 de l'acte II de *Phèdre* est une scène d'aveu dans laquelle Phèdre, qui se croit veuve, révèle son amour à son beau-fils Hippolyte.

### D. La problématique

La problématique se présente sous la forme d'une question directe ou indirecte (voir fiche 55).

***Ex. question directe :*** Dans quelle mesure cette scène d'aveu fait-elle de Phèdre un personnage tragique à la fois victime et coupable de son amour ?

*Ex. question indirecte :* On peut alors se demander dans quelle mesure cette scène d'aveu fait de Phèdre un personnage tragique, à la fois victime et coupable de son amour.

### E. L'annonce du plan

Afin de mieux guider votre correcteur, vous devez annoncer les grandes parties de votre commentaire.

*Ex. :* Dans un premier temps, nous montrerons qu'il s'agit d'une scène d'aveu. Cela nous amènera à envisager, dans un second temps, le fait que Phèdre apparaisse comme un personnage tragique, à la fois victime et coupable de son amour.

## 2 Le développement

### A. Les sous-parties

■ Chaque sous-partie se présente sous la forme d'un paragraphe d'une quinzaine de lignes et commence par un alinéa. Chacune développe une interprétation en s'appuyant sur trois ou quatre citations analysées et insérées entre guillemets.

■ La sous-partie doit être structurée avec des connecteurs logiques : « tout d'abord », « cependant », « de plus », etc.

**Rappel**
C'est toujours le lecte[ur] qui cite le texte. N'écriv[ez] pas : ~~« L'auteur cite... »~~.

### B. Les transitions

La transition fait le lien entre ce qui vient d'être dit et ce qui va être développé juste après. C'est une sorte de « pont » qui permet de dresser un bilan et d'annoncer la suite.

## 3 La conclusion

■ La conclusion vient clore le commentaire et laisse au correcteur sa dernière impression.

■ Elle reprend la problématique énoncée dans l'introduction. En quelques lignes, elle y répond clairement en rappelant les idées principales développées.

■ L'ouverture est facultative mais toujours bienvenue. Elle permet de déployer le texte vers une perspective plus large. Vous pouvez ouvrir sur la suite du texte, si vous la connaissez ; un autre texte qui entre en résonance avec l'extrait à commenter ; un tableau, un film, une sculpture, etc. Servez-vous des prolongements artistiques et culturels vus en classe.

# La dissertation : vue d'ensemble

Fiche 72

## 1 Comprendre l'exercice

### A. Qu'est-ce qu'une dissertation ?

■ Faire une dissertation consiste à proposer un devoir organisé répondant à une question qui porte sur une œuvre au programme ainsi que sur son parcours associé. C'est un exercice d'argumentation qui demande de bien connaître les œuvres étudiées pendant l'année et de faire preuve de rigueur dans son raisonnement. Ce n'est pas parler autour d'un thème : c'est résoudre un problème.

■ La dissertation prend donc la forme d'un devoir structuré en deux ou trois parties qui répond à une question, qu'on appelle aussi problématique. La réflexion est toujours argumentée et chaque interprétation doit être justifiée par des références précises à l'œuvre étudiée, à son parcours associé et à l'histoire littéraire.

### B. Pourquoi choisir cet exercice ?

■ À la différence du commentaire, la dissertation a ceci de rassurant que son sujet sera directement en lien avec l'intitulé du parcours, qui aura été étudié en classe. Vous devrez être capable de remobiliser les savoirs acquis tant dans les cours consacrés à l'œuvre que dans ceux consacrés au parcours.

■ La dissertation fait dialoguer l'œuvre et son parcours ; vous aurez donc sans doute déjà réfléchi à des sujets proches pendant l'année. Si vous connaissez bien l'œuvre et que vous avez révisé, vous aurez forcément beaucoup de choses à dire dans votre dissertation. La dissertation porte sur l'œuvre au programme ainsi que sur les textes étudiés dans le cadre du parcours. Elle mobilise votre culture personnelle.

■ Attention ! La dissertation comporte aussi des difficultés. On observe, dans les copies, deux pièges ou risques majeurs dont il faut se méfier :

- la récitation de cours, qui consiste à écrire tout ce qu'on sait de l'œuvre et tout ce qu'on a appris du parcours mais sans orienter ces éléments vers une réponse à la question, en oubliant le sujet en cours de rédaction ;
- la narration ou le résumé, qui consiste à raconter l'intrigue de l'œuvre au lieu de commenter son écriture, ses thématiques, etc.

**Conseil**

Pour éviter la récitation de cours, demandez-vous systématiquement si l'idée que vous allez exploiter permet de répondre à la problématique.

### C. Quelles sont les attentes du correcteur ?

| Compétence | Comment la mettre en œuvre ? |
|---|---|
| Construction d'une réflexion argumentée | Proposer un devoir construit autour d'un plan solide (introduction + développement + conclusion). |
| Capacité à mobiliser sa culture littéraire | – Situer l'œuvre dans son époque, son objet d'étude et son parcours.<br>– Faire appel aux textes étudiés pendant l'année dans le cadre du parcours. |
| Maîtrise de la langue et expression | – Construire correctement ses phrases.<br>– Avoir une bonne orthographe.<br>– Utiliser un vocabulaire précis et approprié. |

## 2 Face au sujet, le jour J

### A. Découvrir le sujet

Voici quelques pistes pour vous permettre de « rentrer » dans le sujet :

- Identifiez l'œuvre et le parcours sur lesquels va porter la dissertation.
- Rappelez-vous à quel objet d'étude elle appartient (théâtre, roman, poésie ou littérature d'idées).

### B. Analyser le sujet

- Le sujet peut se présenter sous la forme d'une question ou d'une affirmation. Il peut aussi être une citation d'auteur et, éventuellement, être accompagné d'une consigne destinée à vous guider.

*Ex. :* Êtes-vous d'accord avec [tel auteur] lorsqu'il écrit que... / À partir de cette remarque de [tel auteur], vous vous demanderez si...

- Commencez par vous demander ce que vous comprenez spontanément en lisant le sujet. Cette étape est importante, mais ce n'est que la première ! En effet, si vous en restez là, vous risquez de ne pas voir ce qu'on attend réellement de vous. Un sujet de dissertation se décode.
- Pour analyser le sujet, commencez par définir les mots-clés. Déterminez leur sens et ce qu'ils sous-entendent en les mettant en relation avec vos connaissances sur l'œuvre, son parcours et la littérature en général. C'est ce qu'on appelle « les présupposés du sujet ».
- Repérez les relations entre les différents éléments et cherchez les oppositions et les ressemblances. Une problématique recèle souvent une tension. Il s'agit de dégager le problème à analyser, de cerner les enjeux du sujet.

# Organiser sa dissertation

Fiche 73

## 1 Mobiliser ses connaissances

### A. Rassembler ses idées au brouillon

■ Le travail au brouillon est le seul véritable moyen de structurer ses idées.

■ Votre brouillon peut se diviser en plusieurs parties :

– une page consacrée à l'analyse du sujet ;
– une page consacrée au remue-méninges, c'est-à-dire toutes les idées qui vous viennent en rapport avec la problématique ;
– une page pour l'élaboration du plan, c'est-à-dire la mise en ordre organisée des idées du remue-méninges ;
– une page pour rédiger l'introduction et la conclusion.

■ Il est inutile de tout écrire au brouillon pour n'avoir ensuite qu'à recopier : cela vous fait perdre du temps. Le brouillon vous permet seulement d'organiser vos idées.

### B. Organiser ses idées et ses exemples

■ La dissertation s'organise en trois éléments incontournables : l'introduction (rappelle l'œuvre, le parcours et expose la problématique), le corps de la dissertation ou développement, et la conclusion.

■ Le développement de la dissertation s'organise en deux ou trois grandes parties, elles-mêmes divisées en deux ou trois sous-parties. En tout, et pour que la dissertation soit équilibrée, on attend six sous-parties.

■ Pour que votre argumentation soit efficace, elle doit être nourrie d'éléments précis que vous aurez appris durant toute l'année :

– des citations tirées des œuvres travaillées ;
– des références précises en lien avec l'intrigue, un personnage, un extrait en particulier…
– l'analyse de certains procédés littéraires importants ou toute autre remarque relevant de la stylistique.
– des connaissances d'histoire littéraire ;
– des œuvres d'art ou d'autres éléments de prolongements.

**Astuce**

Si vous êtes souvent en retard quand vous rédigez, recopiez votre conclusion au propre sur une feuille simple officielle que vous n'aurez plus qu'à glisser dans votre copie à la fin de l'épreuve.

■ Chaque fois que vous faites référence à l'un de ces éléments, vous devez l'exploiter, c'est-à-dire le rattacher à votre raisonnement et montrer en quoi il vous aide à répondre à la problématique.

■ Organisez toujours vos idées et vos exemples du plus simple au plus complexe, du plus évident au plus subtil.

## 2 Structurer sa dissertation

### A. Bâtir un plan

■ Le plan constitue les étapes par lesquelles va passer votre raisonnement pour répondre à la question posée. Il se construit au fur et à mesure que vous commencez à coucher vos idées sur le papier et à les organiser.

■ Le correcteur évalue le plan :

– d'un point de vue externe, par rapport au sujet : le plan permet-il de répondre à la problématique ? est-il pertinent par rapport aux enjeux de l'œuvre et du parcours ?

– d'un point de vue interne : le plan est-il logique ? progresse-t-il de manière cohérente ? le passage d'une partie à l'autre est-il justifié ?

### B. Le plan dialectique

■ Il est surtout utilisé dans les sujets du type « Pensez-vous que… ? » ou dans les sujets-citations.

■ Le plan dialectique peut être en deux ou trois parties :

| | |
|---|---|
| **1re partie : « certes… »** | Donnez les éléments qui vont dans le sens du sujet. |
| **2e partie : « mais… »** | Donnez les contre-arguments qui permettent de nuancer ou de montrer les failles des éléments développés en 1re partie. |
| **3e partie (éventuelle) : « car… » ou « donc… »** | Prolongez votre réflexion en redéfinissant les enjeux du sujet ou en en tirant des enseignements qui ouvrent sur un nouveau questionnement. |

### C. Le plan thématique

C'est un plan « à tiroirs » qui permet de classer ses idées par thèmes ou par grands domaines d'idées. Il s'adapte au sujet posé et répond plutôt à des questions du type « Quelles sont les caractéristiques de… ? », « À quoi sert… ? ».

**Attention !**

On ne décide jamais d'un type de plan *a priori*. C'est votre problématique qui va naturellement vous amener à privilégier un type de plan par rapport à un autre

# Rédiger sa dissertation

## 1 L'introduction

■ L'introduction est la vitrine de votre devoir. Grâce à elle, le correcteur sait d'emblée si vous avez compris le sujet et si vous maîtrisez les codes de l'exercice.

■ L'introduction est un paragraphe d'une quinzaine de lignes qui respecte quatre étapes allant du général au particulier. L'introduction doit rendre compte de l'analyse du sujet et du problème qu'il pose.

### A. L'amorce

L'amorce est une phrase générale qui vous permet d'introduire le sujet. Vous pouvez partir d'une citation d'un autre auteur que vous prendrez soin d'analyser, annoncer la thématique en la contextualisant dans le parcours, etc.

### B. La problématique est amenée

■ Soulevez en quelques phrases les principaux enjeux du sujet. En fait, vous devez expliquer quel est l'intérêt du sujet qui vous est posé. Montrez au correcteur que vous avez su décoder la question qui vous était posée. Mettez en valeur les mots-clés et les paradoxes en les reformulant.

### C. La problématique

Recopiez le sujet : la problématique doit apparaître clairement dans votre introduction. Elle se présente sous la forme d'une question, directe ou indirecte : « Ainsi, on se demandera si… » Elle est déterminante car elle va orienter votre devoir.

> **Rappel**
> Pour la poésie, on souligne le titre du recueil et on place entre guillemets « le titre du poème ».

### D. L'annonce du plan

■ Afin de mieux guider votre correcteur, annoncez les grandes parties de votre dissertation.

■ Dans le cas d'un plan dialectique, votre annonce de plan peut tenir en une phrase : « Certes…, mais…, car/donc… », qui permet d'insister sur l'enchaînement logique des parties.

■ Dans le cas d'un plan thématique, on utilise plutôt des mots de liaison qui évoquent le classement ou la juxtaposition : « Tout d'abord, ensuite, enfin », « Dans un premier temps… , dans un second temps… », etc.

## 2 Le développement

### A. Les sous-parties

■ Votre dissertation doit se diviser en plusieurs paragraphes qui commencent tous par un alinéa. On compte en tout 8 paragraphes : 1 paragraphe d'introduction, 6 paragraphes pour les 6 sous-parties et 1 paragraphe de conclusion. Enfin, vous devez sauter une ligne après l'introduction, entre les grandes parties et avant la conclusion.

■ Chaque partie de dissertation est composée de plusieurs sous-parties qui permettent de détailler l'idée directrice de la grande partie. Une sous-partie fait une quinzaine de lignes et se présente sous la forme d'un paragraphe qui commence par un alinéa. Une sous-partie repose toujours sur des exemples précis et/ou des citations tirées de l'œuvre étudiée. Ces dernières doivent s'intégrer parfaitement à vos phrases. Chaque sous-partie développe un argument permettant de répondre à la problématique en s'appuyant sur trois ou quatre éléments. Elle doit être structurée autour d'une idée, et vous devez utiliser des connecteurs logiques : « en premier lieu », « toutefois », « de plus », etc.

> **Rappel**
> Ne mettez surtout pas v
> citations entre parenthèse
> Elles doivent être prése
> tées entre guillemets.

### B. Les transitions

La transition fait le lien entre ce qui vient d'être dit et ce qui va être développé. C'est une sorte de « pont » qui permet de dresser un bilan et d'annoncer la suite.

**Ex. :** « *Il est vrai que l'œuvre…* [$1^{re}$ partie], *mais il faut aussi tenir compte de…* [$2^{nde}$ partie]. »

## 3 La conclusion

La conclusion est un paragraphe d'une quinzaine de lignes qui clôt la dissertation. Elle s'organise en trois étapes :

– le rappel de la problématique énoncée dans l'introduction ;

– la réponse à la problématique : en quelques lignes, répondez clairement à la problématique posée en reprenant les étapes importantes de votre raisonnement ;

– l'ouverture : facultative mais toujours bienvenue, elle déploie la conclusion vers une perspective plus large.

# L'épreuve orale : vue d'ensemble

Fiche 75

## 1 Comprendre l'exercice

### A. Le déroulement de l'épreuve

■ L'examen oral dure 20 minutes. Il est précédé d'un temps de préparation de 30 minutes.

■ L'examen lui-même est divisé en deux parties :

– Première partie. Vous devez faire un exposé sur un texte du descriptif que votre professeur aura transmis à l'avance à votre examinateur. Celui-ci choisit un texte dans cette liste et vous en demande une explication linéaire ; il vous indique également la question de grammaire à traiter qui porte sur une citation du texte.

– Seconde partie. Après avoir brièvement présenté l'œuvre que vous avez choisie, vous répondez aux questions de l'examinateur. Ce moment prend la forme d'un dialogue.

**À savoir**

L'examinateur sait que cet oral est le premier auquel vous êtes confronté(e) durant votre scolarité. Il agira avec neutralité et bienveillance et saura prendre en compte votre appréhension.

### B. Les finalités de l'épreuve orale

■ Évaluer la qualité de votre expression orale. L'épreuve orale a pour objectif de vérifier votre aisance à communiquer : vous devez savoir organiser votre propos, rebondir sur les questions posées, utiliser un vocabulaire littéraire précis, etc.

■ Évaluer vos capacités de lecture. Vous devez lire à haute voix le texte choisi par l'examinateur, de façon fluide, avec la bonne intonation, de manière à bien interpréter le texte et rendre compte de ses enjeux. Entraînez-vous régulièrement avant l'examen. Une lecture correcte est importante : elle témoigne souvent d'une compréhension fine du texte. Vous ferez ainsi, dès le début de l'entretien, une bonne impression.

■ Évaluer vos capacités d'analyse. Vous devez être capable d'expliquer le texte et ses idées.

■ Évaluer votre sensibilité littéraire. L'épreuve orale est l'occasion de valoriser votre investissement personnel, de montrer votre curiosité et votre intérêt pour la discipline. N'hésitez pas à évoquer les textes que vous avez aimés, sans oublier d'argumenter vos choix. Vous pouvez également faire appel à vos lectures personnelles si cela est justifié.

■ Évaluer votre capacité de réflexion. Faites des liens avec d'autres œuvres artistiques ou littéraires et d'autres savoirs. Le texte doit être compris et envisagé dans sa singularité. Mettez-le en lien avec l'œuvre et le parcours associé.

**Les clés pour maîtriser l'épreuve orale**

– Problématiser et cerner les enjeux des parcours
– Connaître les quatre œuvres du programme ainsi que les lectures cursives
– Connaître les textes présentés sur la liste
– Savoir argumenter solidement en faveur de l'œuvre choisie
– Maîtriser ses connaissances en histoire littéraire
– Maîtriser les savoirs linguistiques (question de grammaire)
– Maîtriser les principaux procédés littéraires

## 2 Se préparer à l'oral

### A. Le descriptif

■ L'épreuve repose essentiellement sur le descriptif remis en amont par votre enseignant à l'examinateur.

■ Ce descriptif mentionne chacun des objets d'étude et comporte :

– les explications extraites des œuvres intégrales au programme ;
– les extraits étudiés dans le cadre des parcours ;
– les œuvres proposées en lecture cursive.
– l'œuvre que vous avez choisie pour la seconde partie de l'épreuve.

### B. Les documents à apporter le jour de l'examen

■ Le descriptif remis par votre enseignant. N'oubliez pas de renseigner la partie individuelle concernant l'œuvre choisie.

■ Les textes qui ont fait l'objet d'une étude détaillée et sur lesquels vous êtes susceptible d'être interrogé(e).

■ Votre convocation officielle.

■ Votre carte d'identité ou passeport. Vérifiez que ce document est à jour !

**Conseil**

N'oubliez pas vot montre pour gérer vot temps de préparation, d crayons de couleur po travailler votre texte une bouteille d'eau.

# La première partie de l'épreuve

Fiche 76

Cette partie de l'épreuve est sur 12 points et dure 12 minutes.

## 1 La lecture de l'extrait (2 points)

### A. La préparation de l'épreuve

■ Une bonne lecture se travaille et se prépare tout au long de l'année. N'hésitez pas à vous proposer quand les textes sont lus à haute voix en classe. Entraînez-vous également chez vous en vous enregistrant.

■ Relisez à voix haute l'ensemble des textes peu de temps avant votre épreuve. Cet exercice vous évitera de buter sur les mots difficiles et les phrases complexes.

### B. La lecture, le jour de l'épreuve

■ Présentez brièvement l'extrait (auteur, genre, date, etc.) et situez-le au sein de l'œuvre ou du parcours.

■ Lisez le texte en articulant et en parlant distinctement. La lecture doit avoir un rythme fluide ainsi qu'un ton juste et expressif. Montrez que vous avez compris le texte et insistez sur les effets de style, les mots importants.

> **À savoir**
> L'extrait sur lequel porte l'explication fait une vingtaine de lignes environ. S'il est plus long, l'examinateur peut n'en sélectionner qu'une partie.

## 2 L'explication linéaire de texte (8 points)

### A. Les attendus de l'explication linéaire

■ L'explication forme le cœur de cette 1re partie de l'épreuve. Elle doit être linéaire, c'est-à-dire qu'elle suit l'ordre du texte. Vous devez analyser le texte en l'expliquant et en l'interprétant. Relevez les procédés littéraires et, comme pour l'épreuve écrite du commentaire, décrivez l'effet produit par le procédé cité.

■ L'introduction permet de présenter l'œuvre, le parcours, l'extrait, de formuler une problématique. Spécifiez l'organisation du texte dans votre plan. Celui-ci doit rendre compte des parties du texte (en général deux à trois parties).

■ Le développement. Annoncez les différentes étapes de votre explication et précisez bien le changement de partie. Le développement doit répondre à la problématique.

■ La conclusion. Rappelez la problématique, puis reprenez de façon synthétique les étapes de votre explication et proposez une ouverture sur un autre texte ou une œuvre artistique.

### B. Le temps de préparation

■ Respectez les 30 minutes de préparation dont vous disposez pour l'explication linéaire ainsi que la question de grammaire.

■ Au brouillon, prenez des notes, listez vos idées en les marquant par des tirets ; soignez la problématique et écrivez-la en rouge, afin qu'elle soit lisible ; présentez clairement les étapes de votre explication en donnant un titre à chaque partie du texte ; soulignez, dans le texte, les procédés et citations et reportez le code-couleurs sur votre brouillon ; numérotez vos pages de brouillon et n'écrivez qu'au recto.

**Conseil**

Pour que votre explicati ne se réduise pas à catalogue juxtaposant l remarques, faites des lie entre vos idées et utilis des connecteurs logique

### C. Se préparer efficacement

Faites des fiches de révisions (une par texte).

| **Objet d'étude : … / Œuvre : … / Parcours associé : … / Texte n°1 : …** | |
|---|---|
| **1) Situer le texte dans l'œuvre et dans le parcours** | |
| **2) Introduction** *(thématique, genre, principaux enjeux, problématique, etc.)* | |
| **3) Idées principales du texte** *(différentes parties du texte et enjeux)* | |
| **4) Procédés littéraires**<br>les figures de style : …<br>les champs lexicaux : … | **Effets produits**<br>…<br>… |
| **5) Citations importantes** | |
| **6) Ouverture(s) possible(s)** | |
| **7) Point(s) de grammaire identifié(s) en cours** | |

## 3 La question de grammaire (2 points)

### A. Les attendus

La question de grammaire vise l'analyse syntaxique d'une phrase ou d'un segment de phrase extrait du texte expliqué. Elle porte prioritairement sur un des trois points suivants : les subordonnées conjonctives utilisées en fonction de compléments circonstanciels ; l'interrogation ; l'expression de la négation (voir fiche 55).

### B. Une préparation efficace

La question de grammaire porte souvent sur un point grammatical déjà abordé au collège et révisé au lycée. Entraînez-vous régulièrement à les revoir dans l'année à partir des textes étudiés en classe.

# La seconde partie de l'épreuve

Fiche 77

Cette partie de l'épreuve est notée sur 8 points et dure 8 minutes.

## 1 La présentation de l'œuvre choisie

### A. Le choix de l'œuvre

Vous devez choisir une des quatre œuvres au programme ou une des quatre œuvre étudiées en lecture cursive. Le jour de l'examen, votre choix figure déjà dans la partie individuelle de votre descriptif.

### B. Les attendus

■ Une présentation succincte de l'œuvre choisie : présentez le titre, l'auteur, le mouvement littéraire, le résumé, le contexte d'écriture, le genre, les tonalités principales, etc.

■ L'exposition des raisons de votre choix. Vous devez expliquer pourquoi vous avez choisi cette œuvre et quels en sont les enjeux.

### C. Se préparer efficacement

■ Préparez cette partie en amont, avant l'épreuve.

**Les arguments du choix de l'œuvre**

– la thématique abordée
– le lien avec une question qui vous intéresse tout particulièrement
– l'originalité du style (énonciation, procédés, adresse au lecteur, tonalités, etc.)
– le lien avec des questions d'actualité
– la découverte d'un auteur / d'un mouvement littéraire / d'un univers

...

**Conseil**

Évitez les arguments banals tels que : « J'ai choisi cette œuvre parce que j'aime bien Baudelaire. » Préférez : « J'ai choisi cette œuvre parce que la forme du poème en prose me semble la plus appropriée pour renouveler le lyrisme et exprimer le *spleen* du poète. »

■ Entraînez-vous à présenter l'œuvre choisie à un(e) camarade. Vous pouvez également vous enregistrer ou vous filmer.

## 2 L'entretien

### A. L'épreuve

■ L'entretien prend la forme d'un dialogue entre l'examinateur et vous.

■ L'examinateur évalue votre réflexion et votre capacité à défendre votre choix.

■ L'entretien peut éventuellement aborder les activités travaillées durant l'année, en particulier les textes complémentaires, les prolongements artistiques et culturels, les activités et projets réalisés.

### B. Se préparer efficacement

■ Anticipez les questions que l'examinateur peut vous poser :

- Qu'est-ce que la lecture de cette œuvre a pu vous apporter ?
- Dans dix ans, si vous ne deviez vous souvenir que d'un passage de l'œuvre, quel serait ce passage ?
- Comment comprenez-vous le titre de cette œuvre ?
- De quel personnage vous sentez-vous le plus proche ?
- En quoi cette lecture vous permet-elle d'observer différemment le monde actuel ?
- Auriez-vous en tête une citation de l'œuvre ?

■ Défendez vos goûts par des arguments littéraires justifiés.

■ Révisez vos cours et vos fiches.

**À savoir**

Vous passez votre or assis(e) face à votre exa minateur. Durant vot passage, un autre élève es également présent dans salle pour préparer son ora

# Sujet type du Bac et corrigé

| Dissertation | 20 points | 4 heures |
| --- | --- | --- |

Œuvre : *Juste la fin du monde* de Jean-Luc Lagarce

**Dans le prologue de Juste la fin du monde, le personnage de Louis affirme revenir dans la maison familiale « *pour annoncer, / dire, / seulement dire / [sa] mort prochaine et irrémédiable* ». Pensez-vous que la parole soit le principal enjeu de cette pièce ?**

**Vous répondrez à cette question dans un développement organisé en vous appuyant sur la pièce *Juste la fin du monde* de Jean-Luc Lagarce, sur les textes que vous avez étudiés dans le cadre du parcours associé et sur votre culture personnelle.**

## 1 Travail préparatoire

■ **Identifier les trois parties du sujet.**

1) Le sujet a pour point de départ une citation tirée du début de l'œuvre. Notons d'emblée la répétition du verbe « dire » qui centre la dissertation sur la question de la parole.

2) Le sujet est ensuite reformulé, invitant le candidat à donner un avis personnel (« pensez-vous que... »). Attention, cet avis subjectif doit reposer sur un jugement construit et éclairé qui rendra compte d'une véritable connaissance et appropriation de l'œuvre.

3) Enfin, la consigne demande de répondre à cette question de manière organisée.

■ **Soulever le problème**. La question revient ici à savoir si la parole est ou non l'enjeu principal de la pièce. Si c'est le cas, les autres crises ne sont-elles que secondaires ? Et si l'enjeu principal de la pièce est la parole, que penser de la fin déceptive de la pièce ?

## 2 Dissertation rédigée

### Introduction

■ **[amorce]** Au théâtre, toute action est d'abord parole. Au milieu du XX$^{e}$ siècle, le théâtre de l'absurde vient ainsi interroger les failles du langage.

■ **[rappel de l'œuvre en lien avec la question posée]** À la fin du XX$^{e}$ siècle, dans un contexte très différent, Lagarce interroge lui aussi les pouvoirs et limites de la parole au sein de la famille dans

*Juste la fin du monde*. L'argument est précisé dès le « Prologue » : Louis, revient dans la maison familiale pour « dire, / seulement dire / [sa] mort prochaine et irrémédiable ». **[rappel de la question/problématique]** Il semble alors pertinent de se demander si la parole ne serait pas l'enjeu principal de la pièce. **[annonce du plan]** Nous verrons d'abord que la parole apparaît bien comme le sujet principal de la pièce. Cela nous amènera néanmoins à nuancer ce propos en montrant que la pièce met surtout en avant la difficulté de communication au sein de la famille.

## Développement

■ **[annonce du fil directeur de la 1re partie]** Certes, la parole apparaît comme l'enjeu principal de la pièce dans la mesure où l'aveu de Louis constitue le moteur de l'action théâtrale. En effet, on peut observer toute une trajectoire entre le début de la pièce, où Louis affirme vouloir annoncer sa mort, et la fin de la pièce où Louis, mort, raconte dans l'épilogue qu'il n'a pas réussi à « pousser un grand et beau cri ». De la volonté de « dire » au cri étouffé de la fin, toute la pièce montre Louis en train d'essayer d'« annoncer » sa mort. On soulignera d'ailleurs que, de manière très ironique, Louis n'arrive pas à s'exprimer alors même qu'il est écrivain et sait donc parfaitement manier les mots. Suzanne lui reproche de n'envoyer que des « lettres elliptiques » (première partie, scène 3). **[transition]** Si l'aveu de Louis constitue le moteur de la pièce, on remarque que la parole est aussi un enjeu principal pour les autres personnages.

■ Tous les personnages de la pièce s'interrogent sur la façon de dire les choses. Les verbes de parole (« dire », « parler », « raconter ») apparaissent plusieurs fois par page. Notons aussi que la première réplique de la mère se place sous le signe de la parole : « Ne me dis pas ça, ce que je viens d'entendre ». La négation totale crée une tension au sein de l'échange. Le reproche de la mère porte bien plus sur le « dire » que sur l'action (Louis ne connaît pas sa belle-sœur). La micro-crise familiale repose sur une crise langagière. **[transition]** La question « comment dire ? » intéresse bien les personnages mais on peut noter qu'elle semble également orienter le travail du dramaturge.

■ Le style de Lagarce est original. L'oralité est extrêmement présente et se donne à entendre dès le titre. L'emploi de l'adverbe « juste » sonne quasiment comme un anglicisme (*just*) tandis que « la fin du monde » évoque l'expression « ce n'est pas la fin du monde ». Au sein de la pièce, d'autres procédés participent d'une esthétique de l'oralité. Les personnages ne cessent de se répéter et de se corriger pour tenter de trouver le mot juste. L'épanorthose, figure de style qui consiste à revenir sur ce qu'on vient de dire pour corriger son propos, est fréquemment utilisée. L'expression « ce que je veux dire » est répétée et témoigne, en creux, de la difficulté à dire. La parole semble en quête d'elle-même et « dire / seulement dire » semble plus difficile qu'il n'y paraît. **[transition]** Si toute la pièce interroge le langage, c'est pour mieux mettre en avant ses failles.

■ **[annonce du fil directeur de la 2e partie]** La pièce de Lagarce met surtout en avant la difficulté à communiquer. On peut d'ailleurs se demander si les personnages parlent ou non pour ne rien dire. À la fin de la scène 1 de la première partie, le dialogue revient sur le fait que Louis ait pris un taxi. Les reproches de Suzanne à Louis sur le fait qu'il aurait dû l'appeler plutôt que de prendre un taxi relèvent d'une politesse affectée derrière laquelle Suzanne semble régler ses comptes avec le reste de la famille (« je leur ai dit [...] mais ils ont tous pensé [...] »). La question « comment est-ce que tu vas ? », répétée, est bien la seule qui aurait son importance au vu de la situation. La réponse « Je vais bien » dans la bouche de Louis, mourant, sonne comme une antiphrase, voire un mensonge. Le drame familial naît d'une impossible communication. **[transition]** Le sujet de la pièce ne serait alors plus tant la parole que le silence.

■ Les non-dits des personnages créent un sentiment de malaise chez le spectateur. Lagarce explore ainsi le *topos* du secret de famille. Le silence de la mort à venir de Louis fait écho à un autre silence, à un autre non-dit, celui de l'absence ou de la mort du père de Louis. De plus, les raisons du départ de Louis, des années plus tôt, sont, elles aussi, passées sous silence. Enfin, le personnage dont la crise personnelle est sans doute la plus profonde, Antoine, est aussi celui qui choisit le silence : « Les gens qui ne disent jamais rien, on croit juste qu'ils veulent entendre, / mais souvent, tu ne sais pas, / je me taisais pour donner l'exemple ». **[transition]** La crise personnelle et familiale tient donc avant tout d'une crise de la parole.

■ La pièce met en scène des personnages qui ne s'entendent pas puisqu'ils se disputent et n'arrivent pas à s'écouter. Les soliloques des personnages mettent en avant cette incapacité à s'entendre. Le point d'acmé de la dispute a sans doute lieu au début de la deuxième partie, lorsqu'Antoine s'énerve et se met à pleurer après la réplique suivante : « je disais seulement, / je voulais seulement dire ». Le dialogue juxtapose souvent des répliques au lieu de donner à entendre un échange construit et cohérent. Notons que les seuls moments où Louis prend véritablement la parole sont ses monologues. **[bilan]** Le véritable sujet de la pièce serait donc bien l'absence de communication.

## Conclusion

La parole apparaît comme l'enjeu principal de *Juste la fin du monde*. Louis revient pour « dire » et son silence permet aux autres membres de la famille de s'exprimer. La façon de « dire » devient alors paradoxalement le sujet principal de conversation. Le style oral de Lagarce participe lui aussi, à un autre niveau, de cette réflexion sur la parole. Pourtant, davantage qu'une pièce sur la parole, *Juste la fin du monde* apparaît comme une pièce sur les failles du langage et sur le silence. Les crises familiales et personnelles semblent donc d'abord être des crises langagières. **[ouverture]** La difficulté à avouer, au théâtre, n'est pas un thème nouveau. Au XVII^e^ siècle, Racine a mis en scène l'impossible aveu de l'amour coupable de Phèdre pour son beau-fils Hippolyte. Roland Barthes écrit ainsi à propos de Phèdre : « Dès le début, Phèdre se sait coupable, et ce n'est pas sa culpabilité qui fait problème, c'est son silence, c'est là qu'est sa liberté. » Louis, au contraire, envisage à la fin du prologue son aveu comme un acte d'affranchissement le poussant à devenir son « propre maître ».

# Lexique
## d'analyse littéraire

### A

**Accumulation :** procédé qui consiste à énumérer plusieurs termes de même nature.

**Acte :** divisions principales d'une pièce de théâtre. Chaque acte est lui-même divisé en scènes.

**Alexandrin :** vers de douze syllabes.

**Allégorie :** représentation concrète d'une idée abstraite sous la forme d'une image ou d'une personne. *Ex. :* Liberté.

**Allitération :** répétition d'une consonne ou d'un groupe de consonnes.

**Analepse :** retour en arrière dans un récit. Équivalent du flash-back au cinéma.

**Anaphore :** répétition d'un ou de plusieurs mots au début de phrases ou de vers. Ce procédé crée un effet d'insistance.

**Antiphrase :** figure de style qui consiste à employer un mot, une phrase, dans un sens contraire à sa véritable signification. C'est le procédé principal de l'ironie.

**Antithèse :** rapprochement de deux termes opposés afin de les mettre en valeur l'un par rapport à l'autre.

**Aparté :** ce qu'un acteur dit à part soi et qui est censé n'être entendu que par les spectateurs. Le mot est masculin : *un aparté.*

**Apologue :** récit bref souvent allégorique à visées morale et didactique.

**Apostrophe :** figure qui consiste à interpeller une chose ou une personne en la nommant.

**Assonance :** répétition du même son-voyelle.

### C

**Calligramme :** poème dont la typographie forme un dessin (mot inventé par Guillaume Apollinaire).

**Caricature :** représentation délibérément déformée et exagérée de la réalité, dans une intention satirique ou polémique.

**Césure :** coupe ou repos dans le vers après une syllabe accentuée afin de marquer une pause, une respiration et/ou de créer un rythme.

**Champ lexical :** ensemble des mots relatifs à un même thème.

**Chiasme :** figure de style disposant en ordre inverse les mots de deux propositions qui s'opposent.

**Comparaison :** figure de style qui rapproche deux éléments avec un outil de comparaison (*comme*, *tel*).

**Connotation :** sens appliqué à un terme, plus général que celui qui lui est propre.

### D

**Décasyllabe :** vers qui a dix syllabes.

**Dénotation :** sens communément admis d'un mot, par opposition à la connotation.

**Dénouement :** fin d'un roman ou d'une pièce de théâtre.

**Dialogue :** 1. Ensemble des paroles échangées entre les personnages d'une pièce de théâtre, d'un film. 2. Composition littéraire ayant la forme d'une conversation entre deux ou plusieurs personnes.

**Didactique :** se dit d'une œuvre ou d'un texte qui cherche à instruire.

**Didascalie :** indication scénique donnée par le dramaturge. Les didascalies sont souvent en italique et désignent tout ce qui ne relève pas du dialogue théâtral (noms des personnages, indications sur le ton, le décor, les déplacements, etc.).

**Diérèse :** division d'une diphtongue en deux syllabes.

**Digression :** développement qui s'écarte du sujet traité ou de l'intrigue principale.

**Discours rapporté :** façon dont les paroles d'un personnage sont rapportées par le narrateur dans un récit ou un roman : discours direct, indirect ou indirect libre.

**Double énonciation :** au théâtre lorsque les paroles s'adressent simultanément à deux destinataires : un autre personnage et le spectateur.

## E

**Ellipse :** procédé syntaxique ou stylistique consistant à omettre un ou plusieurs mots à l'intérieur d'une phrase ou à omettre volontairement un épisode dans une intrigue.

**Emphase :** exagération prétentieuse dans le ton, le geste, l'expression et le style.

**Enjambement :** en versification, décalage entre l'unité du vers et l'unité de la phrase qui déborde sur le vers suivant. Les rejets et contre-rejets sont des types d'enjambements.

**Énumération :** donner à la suite les différents éléments d'un ensemble ou partageant une caractéristique.

**Épistolaire :** un roman épistolaire est un roman uniquement constitué de lettres.

**Éponyme :** « qui donne son nom à ». On parle de personnage éponyme lorsqu'il donne son nom à l'œuvre.

**Essai :** ouvrage où un auteur traite librement un sujet sans prétendre l'épuiser.

**Euphémisme :** façon de présenter une réalité brutale ou blessante en atténuant son expression pour éviter de choquer.

**Exagération :** procédé qui consiste à présenter quelque chose comme plus grand, plus important qu'il n'est en réalité.

**Explicite :** ce qui est énoncé de façon claire et directe.

## F

**Focalisation :** en narratologie, point de vue du narrateur sur l'action. Il existe trois focalisations : interne, externe ou zéro (ou omnisciente).

## G

**Genre :** catégorie littéraire qui se distingue par ses caractéristiques formelles. Il existe plusieurs genres littéraires : le roman, la fable, la poésie, le théâtre, etc.

**Gradation :** figure de style consistant à présenter des éléments de manière croissante (gradation ascendante) ou décroissante (gradation descendante).

## H

**Hémistiche :** chacune des deux moitiés d'un vers.

**Héros/Héroïne :** 1. Demi-dieu dans la mythologie. 2. Celui qui se distingue par sa grandeur d'âme exceptionnelle, son dévouement total, etc. 3. Personnage principal d'une œuvre littéraire, dramatique ou cinématographique.

**Hétérométrie :** se dit d'un poème versifié qui a recours à plusieurs types de vers (alternance d'alexandrins et d'octosyllabes, par exemple).

**Hyperbole :** procédé littéraire qui consiste à exagérer.

## I

**Implicite :** qui, sans être exprimé formellement, peut être déduit de ce qui est exprimé. S'oppose à *explicite*.

**Interjection :** mot invariable qui traduit l'émotion du locuteur. Les interjections sont souvent suivies d'une ponctuation forte. Ex. : *Bof ! Ah ! Ciel !*

**Ironie :** tonalité qui consiste à dire le contraire de ce qu'on veut faire entendre, souvent sous forme de moquerie.

## L

**Litote :** figure de rhétorique consistant à dire moins pour faire entendre plus. *Ex. : « Va, je ne te hais point »* (Corneille).

## M

**Manifeste :** œuvre par laquelle un auteur expose la théorie d'un mouvement littéraire. *Ex. : Le Manifeste du surréalisme* d'André Breton.

**Mélioratif :** se dit d'un terme, d'une expression qui présente ce dont on parle d'une façon avantageuse. Contraire de *péjoratif*.

**Métaphore :** comparaison sans outil de comparaison.

**Métonymie :** figure de style consistant à désigner la partie pour le tout, l'auteur pour l'œuvre, la matière pour l'objet, etc.

**Monologue :** au théâtre, scène où un personnage prend la parole alors qu'il est seul sur scène.

## N

**Narration :** récit ou relation d'un fait, d'un événement.

**Néologisme :** création d'un mot nouveau.

**Nœud :** moment capital d'une pièce de théâtre, d'un roman.

**Nouvelle :** brève composition littéraire de fiction. Roman en miniature.

## O

**Octosyllabe :** vers qui a huit syllabes.

**Ode :** poème chanté, chez les Grecs ; poème lyrique composé de strophes égales par le nombre et la mesure des vers (du grec *ôdê*, « chant »).

**Oxymore :** figure de style consistant à relier syntaxiquement deux mots qui s'opposent totalement, en général un nom et un adjectif.

## P

**Paradoxe :** 1. Étymologiquement, proposition contraire à l'opinion commune. 2. Une seule proposition qui associe deux idées opposées et contradictoires.

**Parallélisme :** procédé qui consiste à reprendre la même structure syntaxique dans deux propositions ou groupes de mots distincts.

**Paratexte :** ensemble des informations données autour du texte (titre, préface, notes, etc.).

**Paronyme :** mot ressemblant par sa forme et sa prononciation à un autre mot de sens différent. *Ex. : avènement* et *événement*.

**Pathétique :** tonalité qui cherche à émouvoir l'interlocuteur.

**Péjoratif :** se dit d'une expression, d'un mot, d'un suffixe, d'un préfixe, d'une intonation qui implique un jugement négatif. Contraire de *mélioratif*.

**Péripéties :** ensemble des différentes actions qui affectent une situation et participent au déroulement de l'intrigue, dans un roman ou un récit.

**Périphrase :** figure consistant à désigner un objet ou une personne par ses caractéristiques.

**Personnage :** création fictive qui ressemble à une personne au sein d'une œuvre artistique (littérature, cinéma, etc.).

**Point de vue :** voir « Focalisation ».

**Polémique :** qui critique, qui incite à la dispute, à la discussion par son ton agressif.

**Polysémie :** pluralité de sens d'un mot, d'une phrase.

**Prolepse :** 1. Récit anticipé d'événement (équivalent de *flash forward* au cinéma), contraire d'*analepse*. 2. Figure de rhétorique consistant à prévoir une objection et à la réfuter par avance.

## Q

**Quatrain :** strophe constituée de quatre vers.

**Question rhétorique :** procédé qui consiste à poser une question dont la réponse est sous-entendue. Le locuteur n'attend donc pas de réponse.

**Quiproquo :** méprise qui fait prendre une chose pour une autre, malentendu.

## R

**Rejet :** type d'enjambement. Le rejet consiste à placer au début du vers un mot ou groupe de mots qui appartient au vers précédent au niveau syntaxique. Le rejet est un débordement d'un vers sur le suivant.

**Répétition :** retour du même mot, de la même idée.

**Réplique :** type de parole au théâtre (ce qu'un acteur répond à un autre).

**Rhétorique :** art de bien parler ; ensemble des procédés qu'un orateur emploie pour persuader, convaincre.

**Rime :** retour des mêmes sons à la fin de deux unités rythmiques ou de deux vers.

## S

**Satire :** œuvre, texte qui critique en se moquant, souvent en utilisant la tonalité comique.

**Scène :** partie d'un acte ; épisode d'une œuvre narrative (roman, film, etc.).

**Sonnet :** poème de quatorze vers constitué de deux quatrains à rimes embrassées et de deux tercets.

**Stichomythie :** répliques brèves échangées entre deux personnages, au théâtre. Elles marquent souvent une tension et créent un rythme enlevé.

**Strophe :** groupe de vers cohérent par son système de rimes et séparé du reste du poème par des blancs.

**Synérèse :** réunion en une seule syllabe de deux voyelles qui se suivent dans un mot et qui sont normalement prononcées séparément.

## T

**Tercet :** strophe de trois vers.

**Thèse :** proposition, opinion qu'on s'attache à soutenir, à défendre.

**Tirade :** longue réplique prononcée par un acteur ; à ne pas confondre avec le monologue.

**Tonalité :** synonyme de *registre*. La tonalité d'un texte dépend de l'émotion suscitée chez le locuteur et présente de nombreuses caractéristiques (thèmes, champs lexicaux, procédés, etc.). *Ex. :* tonalités pathétique, lyrique, tragique, etc.

## V

**Vers :** suite de mots mesurée et cadencée selon des règles, et constituant une unité rythmique.

**Versification :** ensemble des règles qui régissent la manière dont un vers est composé (nombre de syllabes, schéma de rimes, etc.). La versification s'oppose à la prose.

**Vraisemblance :** qui a l'apparence de la vérité.

## Z

**Zeugma :** figure de style qui consiste à mettre sur le même plan syntaxique deux termes qui appartiennent à des domaines de sens différents. *Ex. :* concret/abstrait.

Imprimé par Rotolito Romania en Roumanie
Dépôt légal : juillet 2021
Achevé d'imprimer : juin 2021
Édition 01-21/1049/4